Mourir dans les Alizés

CHRISTIANE FILLIAT

Mourir dans les Alizés

France Loisirs
123 Bd de Grenelle – Paris

Édition du Club France Loisirs, Paris, avec l'autorisation des Éditions du Pen Duick.

5, Boulevard de Lesseps, 78000 VERSAILLES
I.S.B.N. 2.85513.094.8

I.S.B.N. 2-7242-2049-8

A Marc et Laurent

"Full fathour five thy father lies;
of his bones are coral made..."

Shakespeare — La Tempête

Ton père gît par cinq brasses au fond de l'eau,
Avec ses os ont été faits les coraux...

SOMMAIRE

8 décembre 1978 — six heures trente. Le jour et le soleil se lèvent sur l'Atlantique. La journée promet d'être belle. Les Canaries sont à six cents milles derrière nous et *Diapason* doit filer à peine ses trois nœuds en direction des Antilles. Mais où sont donc les alizés cette année ? Pas avec nous, c'est certain. Marc s'extirpe de sa couchette pour prendre le quart. Il commence par effectuer le tour de pont du capitaine, suivi comme son ombre par Ophélie ; notre chatte a encore passé la nuit à guetter les poissons volants, et apparemment, au vu des rondeurs de son estomac, sa patience a été récompensée. La voile a frémi. Un souffle de vent passe. Il n'y a pas un instant à perdre. Tout l'équipage — Laurent et moi-même — est convoqué sur le pont pour hisser de la toile.

Huit heures. Ho ! hisse le foc, et... crac, le mousqueton s'ouvre à mi-parcours et la drisse s'envole en tête de mât. Quelle malchance ! Personne n'aime grimper tout là-haut, même par temps calme. Il y a bien une drisse de secours, mais il est préférable de réparer pendant que les vagues sont raisonnables.

Marc se prépare : tennis, harnais. Le mât est équipé d'échelons, mais Laurent préfère malgré tout assurer son père. Je vais dans le carré chercher la caméra. Lorsque je remonte, Marc a déjà décroché la poulie.

Huit heures trente. Marc redescend, échelon par échelon et se penche pour demander à son fils de lâcher un peu de bout : Laurent a si peur de voir son père tomber qu'il ne laisse aucun mou à la drisse. Dernier échelon. Marc va sauter sur le pont, mission accomplie. Je filme. Soudain Laurent pousse un hurlement : son père vient de s'effondrer dans ses bras, sans un cri. Je jette la caméra pour me précipiter à l'aide de Laurent, qui a vacillé sous ce poids.

Sous le ciel bleu de l'Atlantique, pour notre fils et pour moi, tout vient de basculer dans le néant, avec Marc.

Le rêve

Au départ, c'était un beau rêve comme tous les rêves, un peu fou. Semblables à des milliers d'autres, passionnés de mer et de voile, nous étions atteints d'une furieuse envie de tout quitter. Non par un quelconque dégoût de la civilisation. Absolument pas. Mais parce que la vie sans répit que nous menions ne nous laissait plus profiter de la « Vie », de tout ce que nous aimions. Nous n'étions plus les maîtres de notre existence. Et nous rêvions de pouvoir, un jour, prendre enfin le temps de vivre.

A une tenace envie de voyager qui lui venait de sa famille paternelle, Marc ajoutait, en ayant hérité de sa mère, un caractère très indépendant, parfaitement équilibré et capable de se suffire à lui-même, tant sur le plan moral que sur le plan matériel. Ne craignant « ni Dieu ni Diable », il avait un immense respect d'autrui. Il gardait un souvenir émerveillé d'une enfance très heureuse. Sa mère dosait avec beaucoup de doigté la grande liberté qu'elle accordait à ses enfants et l'acceptation des règles qui en découlent. Marc était un homme responsable et particulièrement bien dans sa peau ; avec parfois une certaine timidité qu'il s'efforçait de cacher sous des aspects un peu rudes.

Il a dû attendre pendant quatorze ans, ou presque, que je lui donne le feu vert pour partir en bateau. Car il ne nous semblait pas possible de tenter pareille aventure sans un parfait accord entre nous. Or, ma nature, et l'éducation que j'ai reçue, me portaient plutôt vers l'esprit « fonctionnaire ». J'ai fait des études classiques pour devenir enseignante. Marc a toujours été artisan. Mais la vie à ses côtés était un tel tourbillon que je l'avais suivi sans regrets et sans efforts. Il voulait tout connaître. Avec lui, j'ai appris à skier, à plonger, à camper dans toutes les conditions, avec un enfant tout petit, et à pratiquer la voile, surtout en dériveur.

Et ces activités si passionnantes, avec l'essor de notre affaire, nous devions les abandonner par manque de temps. J'en suis donc arrivée, tout doucement, à ne plus trouver si étrange la solution « bateau ». L'obstacle le plus difficile à surmonter fut l'attachement à ma maison, à mon jardin, et à ces arbres que j'avais plantés moi-même. Marc ne s'attachait pas aux objets, moi si. Mais, si nous n'avions plus la possibilité d'en profiter, pourquoi continuer à mener cette vie de fous ? Marc eut la sagesse de patienter jusqu'à ce que mon envie de partir soit plus forte que les liens avec tout ce qui auparavant constituait ma vie. Cela aurait pu ne jamais se produire, et il en avait pris le risque. Nous croyions que persister à partir dans ces circonstances eût été une grave erreur. Et lorsque nous observions les couples sur les bateaux, nous avons souvent eu la preuve de cette faute de jugement. Je prenais ma décision en connaissance de cause et après mûre réflexion : c'est peut-être la raison pour laquelle je me suis si bien adaptée à ce style de vie, malgré tous les inconvénients qu'il représente parfois.

Marc avait l'avantage d'exercer un métier spécialisé — horloger électronicien — aisé à pratiquer sous toutes les latitudes. Donc, le problème financier, si important dans ce genre d'entreprise, était résolu.

Alors, encore une fois semblables à tant d'autres avant nous, nous avons décidé de construire un voilier et de partir tenter l'aventure. Après tout, pourquoi ne serions-nous pas capables, nous aussi, de traverser l'Atlantique pour nous dorer au soleil des Caraïbes ? Les alizés sont l'autoroute des Antilles, comme en témoignent tous les récits de navigation. Pour des débutants, la route serait clémente et nous permettrait de nous amariner doucement.

Encouragés par nos amis Jean-Claude et Hélène, qui achèvent la construction de leur voilier *Accalmie,* nous portons, comme eux, notre choix sur un *Endurance 35,* plan de Peter Ibold. Il s'agit d'un bateau de croisière hauturière, mais familiale, que nous allons gréer en côtre.

Accalmie prend bonne tournure, et je m'aperçois, ayant jusqu'à présent fréquenté surtout le monde des dériveurs, qu'il est fort possible d'aménager un bateau de cette taille en « maison ». Je pourrai amener à bord tous ces objets, peut-être inutiles, mais qui forment le cadre de mon univers et sans lesquels je crois ne pas pouvoir m'adapter à une nouvelle vie.

***

Nous sommes au printemps 1975 : les plans sont arrivés ; *Diapason* est mis en chantier, installé sous les peupliers, dans notre jardin, en bordure de chemin, car il faut déjà prévoir la sortie. Les badauds de notre petit village de la banlieue lyonnaise auront ainsi un but de promenade dominicale. Passent trois années de construction-amateur, avec tout ce que cela implique d'efforts, de volonté — heureusement Marc en a pour dix — de peines parfois, mais aussi de joies et d'amitiés. L'aide ne manque pas, et nous l'apprécions, même s'il faut parfois refaire le lundi ce que nos ouvriers bénévoles, pleins de zèle mais pas de génie, ont raté le dimanche ! Seule l'intention compte. Il ne s'agit en aucun cas d'une course contre la montre, et trois ans est un délai s'accordant au mieux avec notre temps disponible et nos moyens financiers.

Pour Laurent, notre fils, l'idée : « je vais partir en bateau » se concrétise enfin. Il n'a que huit ans et demi, et toutes nos discussions n'étaient peut-être pour lui, même s'il y croyait, que de jolis contes. Maintenant il peut inviter ses petits amis à venir le vérifier dans notre jardin : le bateau est bien en construction. Il est ravi de partir ainsi en croisière, mais il avait manifesté une panique certaine lorsque son père avait émis l'intention de mettre notre maison en vente. Il a éclaté en sanglots : il veut bien tenter l'aventure, mais avec ses arrières assurés en cas de retour. Car pour lui, il n'est pas question de départ sans retour. Marc s'était un peu moqué de ce chagrin, ce qui avait déplu à Laurent : il se sentait incompris !

Ses idées rejoignant les miennes, nous décidons de louer la maison. De ce jour, consolé à la pensée qu'il pourrait revenir chez lui, Laurent s'abandonne tout à la joie de ce voyage. Il faudra bien sûr quitter les copains. Mais ils viendront nous voir : c'est promis, juré.

***

Le premier été, nous construisons la coque. Nous avons choisi le ferro-ciment. Travaillé sérieusement et avec l'aide de maçons professionnels le jour du cimentage, ce matériau ne constitue absolument pas cette horreur que décrivent les chantiers navals. Il est vrai que certaines unités sont particulièrement hideuses et mal terminées. Mais il existe également de vrais tanks flottants, dus à l'amateurisme de ceux qui se croient spécialistes de l'acier. Nous verrons même, au cours de nos navigations, une « Tour Eiffel » flottante, véritable plate-forme pétrolière avec deux derricks en guise de mâts, construction-amateur d'un fermier du centre de l'Allemagne. Nous aurons la récompense de notre application lorsque des curieux, incrédules, frapperont contre la coque de *Diapason* pour s'assurer qu'elle n'est pas en polyester.

Nous ne nous pensions pas capables de travailler correctement l'acier et le polyester qui ne nous semblait guère plus à notre portée. L'incidence du prix n'a pas joué sur notre décision : quels qu'en soient les composants, une coque nue et vide ne représente qu'une faible partie du coût total d'un bateau.

Marc ne sait pas paresser au bord de la piscine, et, une fois celle-ci achevée, le terrain défriché et arborisé, il ne se voyait plus d'occupation sérieuse pour meubler ses loisirs. Eh bien, en voilà une toute trouvée ! En premier lieu nous transplantons les pommiers qui nous gênent pour installer le chantier. Puis nous préparons le moule en bois, quille en l'air, que nous recouvrons des couches de grillage et de fer à béton indispensables. A l'automne, la cimentation se fait en une seule journée, comme il se doit. La pluie, qui avait retardé notre programme, s'arrête évidemment à ce moment-là, alors que nous aurions tant besoin de son aide pour l'humidification de la coque pendant le temps de séchage du béton. Nous nous astreignons donc à revenir tous les jours à midi arroser notre protégé ; mais quels sacrifices ne sommes-nous pas prêts à accomplir pour lui ? Quitte à envisager, deux semaines plus tard de l'abandonner en cours de construction et de le revendre sans regrets ou presque : une des grandes marques de montres pour lesquelles nous travaillons veut ouvrir un bureau à Montréal et en propose la direction à Marc. Un autre de nos rêves est sur le point de se réaliser ! Le choix est ardu et nous devons donner une réponse avant Noël. Nous réfléchissons : le départ pour le Canada n'exclut pas notre projet de croisière ; nous pourrons toujours la mener à bien, une fois achevé le séjour qui nous sera imposé à Montréal. Mais la visite du Canada en bateau, c'est-à-dire la remontée vers le Nord et le Saint-Laurent alors que nous avions plutôt envisagé de naviguer en eaux chaudes et clémentes, nous paraît plus aléatoire. Il nous semble donc préférable de commencer par le Canada, quitte à bouleverser tous nos projets, qui, pour l'instant, ne sont concrétisés que par une coque vide, en béton brut, qu'il doit être possible de revendre. Et l'argent gagné là-bas devrait nous permettre d'acquérir un voilier terminé. Pourquoi pas ? A huit jours du départ de Marc se produit un coup de théâtre : la société qui nous proposait cette affaire dépose son bilan. La parenthèse se referme sur le Canada : nous ne skierons pas à Noël dans les Rocheuses, mais plus prosaïquement dans les Alpes. Devant ces revirements si brusques, notre entourage commence à se demander si le soleil des Antilles, à distance, ne nous a pas déjà tapé sur la tête !

***

L'année 1976 ne nous trouve pas très courageux. Nous aidons d'abord Jean-Claude et Hélène à terminer *Accalmie.* La mise à l'eau a lieu fin février et nous rêvons à la nôtre. Marc descend le Rhône avec eux (ce fut, paraît-il, une joyeuse balade !) je rejoins l'équipage en voiture avec Laurent. Nous sommes tous à bord pour la première navigation d'*Accalmie* en mer, Port-Saint-Louis-Martigues. Les voir ainsi réaliser leur rêve nous conforte dans notre espoir : ils sont la preuve que ce que nous voulons tenter est possible.

Et ce sont les premiers achats pour notre voilier, qui n'a toujours pas de nom. Lyon n'étant pas, à cette époque, un centre de nautisme maritime, nous devons sillonner la France pour trouver voiles, moteur, accastillage, mâts etc. et nous en profitons pour voyager. Mais il faut aussi beaucoup travailler à l'établi, car, à partir de ce moment, le budget du bateau enfle terriblement. Marc fignole les plans intérieurs, modifiés par rapport au plan initial.

Jean-Claude a eu l'occasion de visiter en Espagne un *Endurance* pourvu de deux cabines séparées, et ce qu'il nous en a raconté nous a beaucoup plu. Nous optons donc pour cet aménagement ; Laurent prendra la cabine à l'avant et bénéficiera ainsi du grand capot de pont : il lui permettra de sortir directement sans avoir à traverser le carré. Il aura ainsi une complète indépendance, et nous également. Nous vivons dans une assez grande maison, et il ne nous serait pas facile de supporter brusquement la promiscuité, fréquente en bateau.

La coque a été retournée, quille en bas, et au printemps 1977, après une bonne saison de ski, que nous savons être la dernière, au moins pour quelques années et dont nous profitons doublement, nous attaquons le pont, le roof et les intérieurs. Auparavant la coque a été poncée plusieurs fois et recouverte de trois couches d'époxy, avant la première sous-couche de peinture. Laurent s'est proposé pour le mixage du mélange talc-époxy. Mais nous n'avons pas pris garde à sa petite taille : il était au-dessus du récipient dont il respirait tous les effluves. Après deux jours de ce régime, il est au lit, terrassé par une crise d'acétone. Nous sommes de vrais bourreaux d'enfants.

Depuis l'automne, je passe les week-ends où nous n'allons pas skier à fondre en lingots la tonne et demie de tuyaux de plomb qui va constituer notre lest. Engoncée dans un vieil anorak, à l'extérieur, donc au froid, je rêve aux eaux bleues de l'Atlantique Sud. Et il en faut, à ces moments-là, de l'imagination pour ne pas perdre de vue la cause et la finalité de ce que nous sommes en train d'accomplir ! Mais toutes les fins de semaines, le jardin et la maison sont remplis d'aides bénévoles, ou tout simplement d'amis venus nous encourager.

En juillet, nous vendons notre affaire. Marc installe

son établi au premier étage de la maison — avec vue sur le bateau, pour ne pas perdre courage — et partage son temps de manière équitable et surtout moins fatigante : il répare ses montres en cas de pluie, le soir également ; par beau temps, il passe à la construction navale. L'ouverture du bureau au public, et les horaires fixes, ne permettaient pas cette souplesse dans la répartition des tâches : cette organisation lui faisait perdre beaucoup de temps. A l'automne, nous commençons les intérieurs. Le chauffage, le poste-radio *Sailor* sont installés. Ça y est : le départ approche !

Je participe à tous les travaux, ainsi que Laurent lorsqu'il n'est pas en classe, mais cet hiver, je suis accaparée par les achats « ménagers » : four *Eno,* frigidaire *Camping-Gaz,* évier inox double bac — oui, je tiens à mon confort — préparation des couchettes, coussins, choix des tissus. Un de mes cousins, plombier de son état, nous pose un petit système astucieux : branché sur un robinet extérieur lorsque nous sommes à un ponton, il nous permet d'avoir l'eau courante à bord sans utiliser les pompes. Il suffit de tourner le robinet, comme à terre.

Nous nous octroyons trois jours de vacances à Noël pour descendre rendre visite à *Accalmie* qui a jeté les amarres à Saint-Cyprien. Le moral de son équipage n'est pas au beau fixe. Depuis la mise à l'eau, ils ont navigué en Méditerranée le premier été, puis ont essayé de partir pour la traversée de l'Atlantique, mais un peu tard, fin décembre. La tempête les a saisis dès leur arrivée au premier port espagnol, ils faisait très froid et Alexandra n'avait que deux ans. Aussi ont-ils préféré rebrousser chemin et attendre l'année suivante. Ils sont allés l'été aux îles Lipari, mais à l'automne, la décision d'Hélène était prise : elle ne se sentait pas capable d'entreprendre une si longue traversée. Nous ne pouvons pas les laisser commencer une nouvelle année, seuls avec leurs problèmes.

L'hiver n'est pas très rigoureux, ce qui nous permet d'avancer sans retard sur nos plans. Malgré tout, un matin, quelle surprise : le pont disparaît sous quarante centimètres de neige !

En revanche, avril s'annonce mal : il pleut sans interruption.

***

Ce mois de mai 1978 voit notre dernier printemps à Saint-Genis. La mise à l'eau est fixée au 27 : il a bien fallu arrêter une date pour retenir la grue. Là commence déjà l'aventure et se trouve le tournant où notre entourage nous attend. Pour être honnête, à ce stade, bateau achevé, il nous semble qu'une grande partie du rêve est accomplie. Et paradoxalement, le plus dur reste à vivre. Sommes-nous toujours si certains de vouloir partir ? Il faut du courage pour endurer toutes les démarches administratives et subir les questions saugrenues indispensables pour se détacher de la sacro-sainte société. On vous fait parfois payer très cher — en stupidités — le fait de vouloir vivre en marge de vos concitoyens. Mais la période d'interrogation ne dure pas, car nous pressentons, sans pourtant nous douter de toutes les épreuves à venir, que nous le regretterons toute notre vie si nous abandonnons à ce moment-là.

Quelles seraient alors les réactions de la famille, des amis, de ceux qui n'y croyaient pas encore vraiment ? Les innombrables questions qui nous avaient été posées à l'annonce de notre projet devaient encore trotter dans leur tête :

— C'est pour les vacances, ce bateau ?

— Eh bien !... c'est-à-dire... avec les frais que représente un voilier de cette taille à port, nos vacances trop courtes ; un voyage de deux ans... ?

— Vous êtes fous ? Ce n'est pas possible ! Et Laurent ? Ses études ? Un si bon élève ! (Une chance pour nous !) Vous allez briser sa vie !... Et comment allez-vous vivre ? L'argent ? L'eau ? La machine à laver ? (En cela, ils n'avaient pas tout à fait tort !) Pas de télé ? Et la maison ? Et pour terminer en beauté : et la retraite ?

Devant de tels arguments, nous ne pouvions que nous taire et n'essayions plus de convaincre qui que ce soit. Ils seront peu nombreux à nous dire :

— Vous avez raison. Après tout, vous avez bien réfléchi et vous n'êtes plus des gamins ; il s'agit de votre vie et vous avez le droit d'en faire ce que vous voulez. Nous ne le pourrions pas, mais puisque vous en avez le courage, ou l'audace, bonne chance !

Ceux-là nous aideront de leur mieux. Mais nombreux seront les oiseaux de mauvais augure : ils nous attendront de pied ferme à notre retour. Et nombreux aussi ceux qui s'exclameront :

— Ah ! vous avez de la chance de pouvoir vous offrir un voilier de dix mètres et quelques années de vacances.

Ceux-là se recrutaient en général parmi nos clients les plus fortunés : ils cumulaient affaires, villa, appartement à la mer et à la montagne, et bien sûr, un voilier qui ne quittait jamais le port ! De quoi devenir méchant !

Nous irons jusqu'au bout, et nos idées noires ne peuvent être que le résultat de la fatigue accumulée ces derniers temps, et particulièrement de cette ultime semaine de mai, si éprouvante pour Marc qu'il a lui-même reconnu plus tard sa tentation d'abandonner.

***

Il pleut depuis deux mois ; le printemps est pourri et cela nous gêne considérablement. Le polyester des réservoirs de fuel prend mal, malgré le chauffage installé à l'intérieur du bateau. Le temps presse, et ainsi se commettent les pires imprudences. Il suffira de vapeurs d'acétone et d'une étincelle malencontreuse du chauffage pour provoquer l'explosion. Pas de dégâts pour le bateau, grâce aux réflexes fulgurants de Marc, et à l'extincteur que nous venions juste d'acquérir. Mais Marc est sérieusement brûlé à la tête et aux mains. Par miracle, ses yeux sont intacts. Le choc a été rude. Malgré cela, le futur capitaine refuse de retarder la mise à l'eau. Il a décidé une fois pour toute que ses problèmes physiques ne devaient en aucun cas être une entrave à ses projets.

Il ne voudra pas non plus d'hospitalisation. Seulement une visite à un médecin. Marc n'accepte les soins que lorsqu'il n'y a pas d'autre alternative. Je ne le changerai pas. Simplement, nous quitterons Lyon un peu plus tard que prévu pour lui laisser le temps d'un semblant de convalescence.

A six heures, le lendemain, il est debout : les essais de haubans étant terminés, on démâte et il ne saurait être question de se passer de lui ! Il est très marqué — cheveux et sourcils ont brûlé — et les personnes présentes ne peuvent cacher leur émotion à sa vue. Il n'osera pas sortir du jardin avant le jour de la mise à l'eau.

Cette dernière semaine se déroule à une allure vertigineuse. Les journées ont vingt heures... et les nuits le reste ! Il pleut toujours. Je peins la coque sous une bâche de fortune. Enfin, le vendredi 26 dans l'après-midi, le soleil daigne faire une timide apparition. Marc est heureux : il nous avait toujours assuré que le soleil serait de la partie le jour de la mise à l'eau. Au clair de lune, j'inscris le nom de notre bateau sur le tableau arrière : *Diapason.* Pourquoi ? Marc est horloger, spécialiste de ces montres « à diapason », à l'époque dernier cri de la technique horlogère ; et nous sommes une famille unie au sein de laquelle la décision de partir fut prise « au diapason ».

L'aube du 27 mai se lève : suivant les prévisions de Marc, le temps est radieux.

A six heures, nous entendons au loin un bruit assourdissant annonciateur de l'arrivée des engins de levage. Ils s'installent sur notre tout petit chemin et nos démêlés avec le grutier prennent une tournure épique. Cet homme, charmant au demeurant, se refuse énergiquement à hisser un voilier de sept tonnes au-dessus de peupliers de quatorze mètres. Les ayant plantés moi-même, je m'étais énergiquement refusée à les étêter !

Après force discussions, la charge atteignant à peine les sept tonnes (il est bien réussi notre bateau et parfaitement dans son poids), le grutage peut commencer. Il est émouvant de voir *Diapason* se balancer au sommet des peupliers, mais c'est également angoissant ; il a l'air si fragile là-haut ! Encore quatre heures d'efforts et le cortège s'ébranle en direction du port du Rhône. En tête, sur son semi-remorque, notre voilier a fière allure et beaucoup de succès. Laurent et deux de ses amis, admis dans la cabine du camion, ne se tiennent plus de joie et leur excitation est à son comble.

A midi, *Diapason* est suspendu au-dessus du Rhône. Gentiment le grutier, gagné à notre cause, le maintient en l'air le temps de casser la fameuse bouteille de champagne. Mais Renée, sœur de Marc et marraine du bateau, n'a pas assez serré le nœud : le ruban casse et la bouteille coule dans le fleuve. Ah ! que je suis contrariée ! Je ne veux pas être superstitieuse, mais selon les traditions de la marine, un baptême raté est un bien mauvais présage. Dès lors, tout va se conjuguer pour faire de cette journée un de nos plus mauvais souvenirs.

Diapason a rejoint son élément, l'eau. C'est la fête,

car la marraine n'a pas lésiné, et toutes les bouteilles de champagne ne finiront pas dans le Rhône !

Mais il est temps de partir pour rejoindre l'écluse de l'Ile Barbe, écluse désaffectée sur la Saône et rendez-vous de tous les constructeurs-amateurs de Lyon. Là, nous terminerons travaux intérieurs et balcons. Et aussi les fameux réservoirs de fuel, car le polyester ayant refusé de prendre, nous avons changé notre fusil d'épaule et opté pour des réservoirs métalliques.

En attendant, nous utiliserons des jerrycans.

Et c'est le premier embarquement pour le capitaine, la marraine, notre neveu Patrick (il a « fait les Glénans », cela peut toujours servir !), Laurent, moi et un jeune homme dont il vaut mieux taire le nom ; il nous avait aidés, moyennant une somme certaine, à installer le moteur, car nous avions pris du retard à cause du mauvais temps.

Nous appareillons pour ce que nous croyons être une agréable promenade à travers Lyon. Il y a si longtemps que nous regardons avec envie ces voiliers montant ou descendant la Saône, et c'est enfin notre tour. Marc met le contact. X. (appelons-le ainsi) va barrer. Il en meurt d'envie, et Marc ne le pourrait pas ; ses mains le font encore trop souffrir.

Larguez les amarres !... et le bateau part à la dérive dans le courant du Rhône, très violent à cet endroit. L'arbre d'hélice n'a pas été entraîné ! X., qui paraissait pourtant un jeune homme sérieux, a oublié de bloquer le tourteau et faisant bonne mesure, il n'a pas monté les clavettes ! Par chance, nous longeons une barge à laquelle, avec l'aide de tous nos amis accourus, nous arrivons à nous agripper et à stopper *Diapason.* Un morceau du liston tout neuf est arraché. J'en pleurerais. Nous faisons une rapide réparation de fortune. X. n'est pas très fier de lui.

***

Et c'est enfin le départ. Les amis sont rassurés. Le quai s'éloigne. Mais, dix minutes plus tard, au confluent du Rhône et de la Saône, là où les remous sont les plus forts touf ! touf ! touf ! notre *Perkins* tout neuf refuse tout service. Le fuel n'arrive plus. Nous sommes obligés d'ancrer à cet endroit : une vraie gageure ! Personne n'ose préciser ses pensées tandis que la chaîne se déroule. Miracle ! L'ancre tient. Nous purgeons en vitesse : le jerrycan était sale. Le plus dur est de remonter la C.Q.R. et ses vingt-cinq mètres de chaîne sans l'aide du guindeau ; car, bien entendu, le barbotin fourni ne correspondait pas au diamètre de la chaîne. Nous n'avions pas eu le temps de le changer, ne pensant pas être amenés à ancrer au cours de notre trajet pour rejoindre l'écluse. Nous croyons bien avec Patrick ne jamais y arriver. Heureusement, depuis trois ans, j'ai participé à toutes les phases de la construction et je me suis forgé de bons muscles !

Nous repartons, un peu plus détendus. Cela devrait suffire pour aujourd'hui ! Que Lyon est jolie, vue de ses fleuves ! La Saône est encore en crue, le courant un peu fort, mais notre *Perkins* remonte bien. Il faut seulement filtrer le fuel qui est très sale, et n'ayant rien prévu pour cela, je défais les bandages des poignets de Marc pour en utiliser la gaze ! Personne n'a calculé qu'avec des jerrycans, nous n'aurions pas de retour de fuel au réservoir, et la consommation devient incroyable : quarante litres à l'heure ! Il nous reste à espérer que la réserve sera suffisante pour nous mener jusqu'à l'écluse.

Nous bavardons sur le pont. Au loin se profile un *huit* barré ; nous cherchons à en distinguer les couleurs, car un autre de nos neveux est champion de France et son club est tout proche. Mais ce n'est pas lui. Tiens ! Il est bien au milieu de la rivière et hors de son chenal, ce *huit !* Il ne nous voit donc pas ? Ne nous entend pas ? Ils sont fous ! Hurlements, coup de barre. Trop tard : le *huit* vient de heurter notre étrave. La jeune barreuse a ordonné tribord au lieu de bâbord, et le bateau a foncé droit sur nous, accéléré par la vitesse du courant. La pointe du *huit* casse. Aussitôt, les garçons s'accrochent à la sous-barbe ; quatre d'entre eux n'auront même pas les pieds mouillés. Il faut hisser les trois autres, ainsi que la barreuse, atteinte d'une crise de nerfs : elle se sait responsable, et après avoir refusé de monter à bord où nous la hissons de force, elle veut se rejeter à l'eau !

Un seul garçon, croyant que l'hélice du moteur était à l'avant *(sic !)* a eu peur d'être happé et est parti à la nage, dans l'eau glacée, pour rejoindre la rive. Il devra s'y reprendre à trois fois pour grimper sur le quai. Nous avons très peur pour lui, car il nous est impossible de lui porter secours. Nous voilà treize à bord ! Je ne veux toujours pas être superstitieuse, mais je n'apprécie vraiment pas cette situation. J'ai une seule consolation : nous avons dû ancrer à nouveau, et cette fois nous ne manquerons pas de bras pour relever la chaîne.

Des notre départ, le problème du fuel resurgit. Bernard nous suit en voiture sur les berges du fleuve, et par bonheur, réussit à se procurer un jerrycan que nous attrapons littéralement au vol ! Voilà enfin l'écluse, à côté du club de nos naufragés. Famille et amis nous attendent sur le quai, un peu inquiets : même avec un moteur en rodage, nous avons largement dépassé le temps nécessaire pour aller du port à l'écluse. Leur vue nous réconforte. Mais hélas, nous pénétrons dans l'écluse au moment où arrive sur le bas-port... le car de police, prévenu par le club, car il faut un constat pour les sacro-saintes assurances (le *huit* vient d'être accidenté pour la deuxième fois en un mois !). Nous n'aurions jamais imaginé finir cette journée de mise à l'eau à bord du « panier à salade » nous remplissons deux heures durant des déclarations en quatre exemplaires, mentionnant non seulement l'âge du capitaine — pour une fois c'est normal ! — mais aussi celui de nos grands-parents ! Les agents ne possèdent que des constats pour accidents de voitures et les questions ne manquent pas de piquant dans notre situation : « La route était-elle sèche ou mouillée ?... » Si nous n'étions pas à bout de fatigue et de nerfs, nous en ririons.

A neuf heures du soir, nous en avons enfin terminé. Laurent pleure sur le quai, persuadé qu'il ne reverra jamais ses parents. Un des dirigeants du club a profité de son jeune âge et d'un instant où il était seul pour tenter de lui arracher des renseignements prouvant notre responsabilité. Après deux accidents, il se doutait que son assurance ferait des difficultés. Ayant vu l'état du visage de Marc, il a brodé tout un roman, imaginant une explosion à bord au moment du heurt avec le *huit,* et il veut obliger Laurent à le lui confirmer. Un de nos amis devra se fâcher sérieusement pour qu'il laisse Laurent tranquille. Il est suffisamment choqué comme cela !

Nous rejoignons le bateau. Mais mes nerfs lâchent, et je pleure à fendre l'âme ! Je ne sais pas si un bateau aura vu autant pleurer sa propriétaire que *Diapason.* Nous voulions passer cette première nuit à bord, mais nous sommes tellement épuisés que nous rentrons à la maison, à Saint-Genis. Pour nous réconforter, tous sont unanimes à nous affirmer qu'après une journée semblable, nous avons épuisé le lot de malheurs qui nous a été imparti, et rien de pire ne pourra se produire. Et pourtant...

***

Juin 1978. Le temps est enfin au beau fixe ; notre moral aussi. L'été est là. Nous avons quitté la maison avec un petit pincement au cœur, et un regret pour les rosiers en fleurs, les fraises qui n'ont jamais été si grosses, et notre abricotier qui, pour la première fois, nous offrait des fruits.

Nous avons emménagé à bord de *Diapason*. Laurent est ravi : le voilà en vacances un mois avant la date officielle ! Il a passé trois jours à trier ses jouets, car tous n'ont pas leur place à bord comme les trains ou les circuits électriques. Il a fait beaucoup d'heureux autour de lui en distribuant ceux qu'il ne gardait pas, car il serait trop grand à notre retour pour ce style de jeux. Nous lui avons laissé entière liberté pour faire son choix. Par bonheur, le coffre sous sa couchette est immense et lui est entièrement réservé. Même le *skateboard* y touvera place.

Pour le moment, il n'a ni le temps ni l'âge d'avoir des regrets.

Voisins et amis viennent nous rendre visite tous les jours. L'atmosphère qui règne à l'écluse est très sympathique ; on cloue, on peint, on colle, on soude. Laurent nous aide dans la mesure de ses moyens et le reste du temps, il va de l'un à l'autre, s'intéresse à tout et enregistre tout. C'est un bon complément à son éducation scolaire. Le quai ressemble à une ruche. Souvent, le soir, Fred nous offre un concert de guitare, pendant que sa « Mimine » sert le Pastis. Fred est un perfectionniste ; il n'est pas encore prêt. Mais, à part lui, tous ces bateaux vont descendre le Rhône avant fin juin, et ce n'est pas le moment de chômer. Seule, Ophélie a des difficultés à s'habituer. Le bruit de la circulation la terrorise,et elle regrette ses arbres et ses prés.

Il n'y a pas l'eau sur le quai, mais l'électricité. Cela permet à Monsieur Marceau de finir l'installation du réservoir de fuel. Chaque soir, il vient nous aider pour souder les balcons ou différentes autres choses. Il est serrurier et maréchal-ferrant — probablement un des derniers de Lyon — et bien que son entreprise l'absorbe beaucoup, il ne nous laissera pas en panne. Sans lui, nous n'aurions pas été en mesure de partir à la date fixée.

Comme si nous ne devions jamais revenir, famille et amis veulent tous nous inviter chaque soir à leur table. Ce sont de tels surpassements culinaires (sur un bateau, on doit mourir de faim !), que Marc regrette que nous n'ayions pas quitté la maison plus tôt !

Le mât est prêt, allongé au-dessus du pont. Nous avons travaillé dur. Pierre, notre beau-frère, n'a ménagé ni sa peine ni son temps car ce bateau est autant le sien que le nôtre : depuis un an, il est là tous les jours. Le moment des adieux arrive. Ce n'est pas toujours facile, mais notre choix est fait depuis trois ans.

***

Le samedi 17 juin, à six heures du matin, nous allons quitter Lyon. Pour ne pas changer, il pleut ! Nous nous consolons en nous souvenant, avec Marc, que toutes les grandes étapes de notre vie commune ont eu la pluie pour signe de ralliement. Nos voisins de Saint-Genis, Robert, Thérèse et un de leurs enfants, Damien, sont du voyage. Robert a installé tout le système électrique et Thérèse n'avait pas refusé de se maquiller à l'*antifouling* avec moi la veille de la mise à l'eau ! Étant de nature obstinée, avant le départ, je demande à Thérèse de casser une autre bouteille contre la coque : un deuxième baptême, en quelque sorte. En vain ! Alors, je saisis moi-même la bouteille et la catapulte avec une telle force — celle de la dernière chance — contre le tableau arrière, qu'elle s'y brise enfin. Mais cela ne sera jamais un vrai baptême.

Tout le monde est à bord, nous pouvons appareiller. Contact. A ce moment, une flèche tricolore bondit sur le quai : Ophélie se sauve ! Encore un mauvais présage. Marc rit de mes craintes ; pour lui, la chatte a tout simplement peur du moteur. Après une demi-heure de recherches car il n'est pas question de partir sans elle, nous la récupérons dans une excavation du mur du bas-port, complètement affolée, et la ramenons à bord. Laurent était en larmes à l'idée de laisser sa chatte derrière lui. Notre pauvre Ophélie ne montrera plus le bout de son museau jusqu'à Port-Saint-Louis et effectuera le voyage tapie dans le puits à chaîne, n'en sortant que la nuit, lors des escales.

A six heures trente, nous larguons les amarres. Il fait froid. Pulls, gants, anoraks et bonnets sont de sortie, un dix-sept juin ! Chaque pont nous offre, en dépit de l'heure matinale, des amis venus nous dire au revoir tout au long de notre traversée de Lyon. Jean nous accompagne le plus loin. C'est un ami de Marc, un ami de toujours, qui ne le voit pas partir sans tristesse.

A la sortie de Lyon, une péniche quitte le port Rambaud et déboîte juste sous notre étrave. Loin de nous fâcher, nous en sommes ravis car elle nous servira de pilote ! On ne compte plus les navires de plaisance qui s'échouent dans le Rhône, à la hauteur de Vienne, seule partie où la canalisation du fleuve n'est pas encore achevée. Puis nous atteignons Pierre-Bénite, la première des onze écluses du parcours. Inutile de préciser à l'éclusier que nous sommes des néophytes en la matière : il l'a compris tout seul devant notre panique ! Mais notre technique s'améliore rapidement et nous passerons la dernière écluse en chevronnés !

Tout au long de la première matinée, le train-train s'installe à bord : un homme (ou une femme) à la barre, à ses côtés le guide, avec le *Vagon* à la main — seul ouvrage valable pour naviguer sur le Rhône — à l'avant, un guetteur avec des jumelles. Le quatrième fait circuler sandwiches et cafés. Les enfants jouent aux cartes dans le carré. Robert est enthousiasmé et ne lâche pas la barre. Personne n'en est peiné car ce n'est pas facile, et Marc et moi sommes très fatigués. Tout se passe sans encombre, à part un chandelier arraché à la première escale : nous ne savions pas que le niveau du Rhône pouvait baisser de cinquante centimètres en une nuit et nous nous sommes retrouvés en-dessous du ponton ! Rien n'est d'ailleurs prévu le long de ce fleuve pour les escales, sauf à Valence, mais ce relais est trop près de Lyon pour nous. Ah ! ce n'est pas le Rhône de Bernard Clavel !

Le deuxième jour, nous passons la fameuse écluse de Bollène, ses vingt-quatre mètres de dénivellation en quelques minutes, et l'eau qui bouillonne en force derrière la porte ! Quelle impression de fragilité ressentons-nous ! Nous traversons la Camargue avec la chaleur et le soleil, et nous voilà en maillots de bain. Nous avions simplement oublié les taons !

En fin de matinée, le troisième jour, Port-Saint-Louis du Rhône se profile à l'horizon. Robert, Thérèse et Damien doivent regagner Lyon, l'âme en peine. Ce court voyage leur a donné un avant-goût de vacances, et ils viendront passer une semaine à bord cet été à Saint-Cyprien.

Tous les bateaux de l'écluse de l'Ile Barbe sont là : *Gone, Campus, Aléane.* Nous nous réjouissons d'être les seuls à avoir effectué la descente sans accrocher à Vienne : vive Robert ! Nous mâtons à tour de rôle au chantier du célèbre « pépé Bayle ». Il est ravi de trouver en Laurent un auditoire tout neuf et crédule à souhait à qui raconter sa pêche au requin dans l'embouchure du Rhône !

Le moment est venu de rejoindre Saint-Cyprien, en Roussillon, où nous attendent Jean-Claude, Hélène, leur petite Alexandra, et *Accalmie, sistership* de *Diapason.*

Ils devaient partir faire un tour du monde, mais leur projet est remis à plus tard, et ils se sont installés à Perpignan.

Notre première vraie navigation maritime avec *Diapason* ne sera pas un très bon test, car notre voilier est si chargé qu'il n'est pas du tout dans ses lignes. Nous avons en effet prévu de finir les intérieurs à Saint-Cyprien et avons embarqué tous les matériaux nécessaires, bois, revêtement intérieur ; tout cela est entassé dans la soute à voile. Les vélos pliants sont sur le pont. Pour le moment, il n'a pas l'allure que nous désirerions, mais ce ne sera que passager. Juin tire à sa fin et nous pourrions être de simples touristes, prenant leurs vacances annuelles. Pourtant, nous faisons la différence, et moralement nous sommes déjà partis pour notre grande croisière. C'est enfin le début de la récompense de tout ce que nous avons enduré ces dernières semaines à Lyon.

Il ne fait pas très beau. Jean-Claude voulait naviguer un bout de chemin avec nous, ce que nous avions accepté avec plaisir. Hélas, un mistral violent se lève ; nous devons rester à Martigues plus longtemps que prévu et Jean-Claude doit regagner Perpignan, où l'attend son travail. Voilà la preuve que nous sommes bien partis, que la réalisation de notre rêve est commencée rien ni personne ne nous oblige à rentrer, à avoir des horaires fixes. L'impression est merveilleuse : nous nous sentons libres, enfin !

Nous rejoignons Saint-Cyprien, seuls à bord, tel que sera normalement constitué notre équipage. De Martigues à Sète, la mer est d'huile, avec pluie et brouillard. Mais nous pêchons et Ophélie commence à aimer le bateau ! De Sète à Port-la-Nouvelle, la houle se creuse et le vent forcit. Marc et Laurent s'occupent des changements de voile ; je suis à la barre. J'ai encore beaucoup à apprendre : *Diapason* tape à la vague et le reste de l'équipage n'est pas heureux ! Au passage du Cap d'Agde, le *Tabur* que nous avions à la traine se retourne. Malgré tous nos efforts pour le sauver, les points d'attache lâchent et nous devons le laisser partir à la dérive. Nous arrivons à Port-La-Nouvelle en fin d'après-midi. Il fait froid, mais les majorettes semblent n'être là que pour nous sur le port. Tout au long de ce petit voyage, nous aurons la chance de trouver chaque soir une ville en fête : à Martigues, ce seront les feux de la Saint-Jean, sur le quai, devant notre étrave ; à Sète, la Saint-Pierre ; à Port-La-Nouvelle, les majorettes.

***

Une tramontane force six va nous pousser sur Saint-Cyprien. Malgré son énorme chargement, *Diapason* se comporte selon les espérances de Marc. A quinze heures, nous arrivons à Saint-Cyprien : nous en rêvions depuis le printemps. Dans les moments difficiles, l'antienne était : « ah ! quand nous serons à Saint-Cyprien ! » Sous-entendu : bateau fini, mer, soleil, farniente, et traversée en filigrane ! Et nous y sommes ! Les retrouvailles avec Jean-Claude et Hélène sont joyeuses. Nous accostons à côté d'*Accalmie* — la place était réservée depuis longtemps ! Le ponton nous fait un accueil si chaleureux que nous ne savons plus où donner de la tête.

C'est dimanche et le port est très animé ! Mais le lendemain, tout est vide : les uns sont au travail, les autres à l'école (les vacances scolaires sont tardives dans cette zone). Et notre sentiment de liberté se renforce. Le temps est gris à nouveau et nous sommes si épuisés que nous ne bougeons pas de la journée, que nous passons en lisant sur nos couchettes. La réaction nerveuse doit également se faire sentir. Nous avons besoin de nous adapter à notre nouvelle vie ! Ce ne sera pas long ! Marc fera juste un petit retour à la vie civilisée : il remplace Jean-Claude pendant ses vacances. Ainsi il ne perdra pas sa clientèle. Mais ce n'est vraiment plus du travail : nous disposons d'un appartement, d'une voiture, le bateau est là et tout ceci n'est que provisoire. La caisse du bord se remplit, ce qui n'est pas négligeable.

Je termine l'intérieur de *Diapason*. Pendant ces deux mois d'été, il tiendra plus de l'hôtel flottant que du bateau ! Famille et amis se relaient à bord car ces invitations nous permettent de remercier tous ceux qui nous ont aidés depuis trois ans.

Laurent nage dans le bonheur. Libre toute la journée, il a trouvé de nombreux amis sur les pontons. La plage et la mer sont à côté. On ne peut être plus heureux. Fin août, Bernard, Danielle, la fille de Marc, et leur petite Séverine viennent les derniers. Cette fois, la séparation est beaucoup plus triste et pourtant Danielle ne sait pas encore qu'elle a vu son père vivant pour la dernière fois.

Accalmie est revenu. Pour eux, les vacances sont terminées. Nous sommes libres. Le 3 septembre au matin, exactement deux mois après y être arrivés, nous quittons Saint-Cyprien, salués par les sirènes amies des bateaux du ponton. Jean-Claude est à bord : il n'a pu résister à l'envie de naviguer ce premier week-end avec nous.

Le rêve réalisé

Quel départ tranquille ! Le cap Creus « cap Horn de la Méditerranée » (Marseille n'est pas si loin !) se laisse doubler au moteur ! Nous ancrons à Cadaquès pour permettre à Hélène de récupérer son mari. Et nous passons notre dernière soirée ensemble. C'est un peu leur rêve que nous allons réaliser et ils vont le vivre à travers nous.

Nous sommes seuls et maîtres à bord pour faire l'Espagne buissonnière. Le gros des touristes est passé, et parmi les bateaux que nous rencontrons, un bon nombre se prépare à aller plus loin, comme nous. Nous ressentons la fatigue de ces courses des derniers jours. Mais rien de comparable avec le départ de Lyon ! Simplement, au moment des achats, je ne savais plus qui croire : « non, je ne retrouverais pas de conserves en Espagne et je devais tout acheter en France ; inutile de nous arrêter à Gibraltar, il n'y aurait rien à manger ; par contre, aux Canaries, ce serait le paradis ! Et Tanger ! Ah ! surtout pas Tanger ! Nous y serions dévalisés. »

Ajoutés à nos lectures, ces avis contradictoires nous laissaient perplexes. Dans toutes ces affirmations, aucune ne s'est révélée exacte.

Peu de temps après avoir rendu Jean-Claude à ses montres, nous sommes rejoints par Josette, Renée et leur fils Claude à bord du *Béroé*. Amis de Jean-Claude, ils sont devenus les nôtres, et le projet de faire un bout de mer ensemble a pris corps en dégustant les frites et les croquemonsieurs que Josette cuisinait sur la plage. Ce sont d'authentiques Catalans et ils passent depuis quinze ans leurs vacances aux Baléares. Ils vont nous faire profiter de leur expérience, et grâce à eux, nous nous acheminons de crique en crique vers ces îles dont nous ne connaitrons ni la foule, ni les grandes villes, ni les touristes, mais les plages de sable fin et blanc, l'eau turquoise d'Espalmador, les criques sauvages des îles Vedranelles, les fonds rocheux d'Ibiza où Laurent s'initie à la plongée avec Claude, les marais salants à l'eau rose de Formentera. Ils partagent avec nous l'amour des marchés, et dès que nous touchons terre, notre plus grand plaisir est de partir à la découverte de ces petits marchés où l'on trouve des légumes variés, des fruits semi-tropicaux, des poissons bizarres. Souvent, au mouillage, nos bateaux sont à couple pour un apéritif ou un repas commun. Dans ces cas-là, Ophélie est ravie : elle a enfin l'occasion de visiter un autre bateau. La règle est valable pour les chats comme pour les enfants : tout est mieux chez les autres et elle prendrait volontiers pension sur *Béroé*. Elle est très bien acclimatée et adore la navigation de nuit : dans ces conditions, nous nous occupons d'elle vingt-quatre heures sur vingt-quatre.

Il y a malgré tout une ombre sur ce paradis : les cours de Laurent. Il est inscrit au C.N.T.E., dont le niveau paraît plus élevé que dans la moyenne des collèges. Et dans cette école, pas d'absence, pas de grève : tous les cours et devoirs sont assurés. La rentrée a eu lieu aussi à bord. Nos esprits, formés à l'ancienne méthode, s'acclimatent mal aux mathématiques modernes. Mais, devant l'absence de professeurs sur place, nous devons « plonger » à notre tour et reprendre notre formation à la base. Aussi, dès que nous apercevons au mouillage un bateau battant pavillon français, et ils sont plus clairsemés à partir de fin septembre, nous allons vite demander s'il n'y aurait pas un professeur de mathématiques à bord ! Mais ils sont rares, pour ne pas dire inexistants, les enseignants qui naviguent. Peu importe ! Cela constitue toujours une entrée en matière pour une invitation à l'apéritif, s'il en était besoin.

Les trois semaines de vacances de nos amis sont terminées. Chacun va partir de son côté. La dernière attache avec notre ancienne vie sera rompue. Jusque-là, nous pouvions encore revenir en arrière. Maintenant, le temps lui-même peut nous en empêcher : nous sommes fin septembre, il risque de se dégrader, et il est préférable de descendre vers le Sud. Mais la porte est toujours entrebaîllée !

Nous n'avons aucun regret, bien au contraire et sommes enthousiasmés par notre nouvelle vie. Et il faudrait être difficile pour ne pas l'aimer.

Une dernière nuit au mouillage d'Espalmador nous permet de faire la connaissance de *Zen*, battant pavillon belge, avec Gérard, Danièle et leurs enfants Florence et François-Xavier. Ils vont également aux Antilles : autres fous qui ont tout quitté, avec leurs enfants ! Nous ne sommes plus seuls et cette confrérie des constructeurs-amateurs dont nous faisons partie depuis trois ans devient enfin pour nous une réalité : elle ira en s'étoffant de port en port, pour former le groupe de « ceux qui ont traversé en 1978 » ! Une sacrée cuvée !

***

Nous revenons sur le continent et continuons à flâner le long de la côte espagnole. Voici Benidorm, énorme complexe touristique, dont nous longeons lentement la plage. Marc, venu ici il y a vingt ans, ne reconnaît plus rien ! Puis Villajoyosa qui est une charmante petite ville, agrémentée d'un marché extraordinaire de pittoresque. A partir de là, la langue française n'a plus tellement cours, d'autant que nous fuyons les lieux « à touristes ». De nous trois, Laurent se révèle le plus doué en espagnol. Les marchandes raffolent de lui, peut-être parce qu'il est tout doré, les cheveux presque blancs à force de blondeur. Elles se font un plaisir de lui donner le nom des objets que nous voulons acheter et de lui enseigner phrases et prononciation correctes. Il apprend beaucoup plus vite qu'au collège : son vocabulaire anglais est loin d'être aussi fourni. Qui prétendait qu'il perdrait son temps en bateau ?

Alicante nous retient cinq jours. Les services de car sont très bien organisés en Espagne, et nous en profitons pour visiter l'intérieur des terres. Nous n'avons pas l'intention, parce que partis en bateau, de rester confinés à bord, ne voyant pas plus loin que le bout de notre étrave. Nous aimons la mer, mais notre bateau est avant tout le moyen de locomotion qui nous a paru le plus adapté à nos finances et nos capacités pour nous évader et visiter le monde.

Ancré à côté de nous dans la baie d'Alicante, et battant pavillon français, *Antarès*, le bateau de Georges, Michèle et leurs mousses, Sébastien et Lélia a attiré notre attention. Laurent est ravi de constater que le nombre de ses copains augmente chaque jour. Il est beaucoup plus drôle de s'amuser à travers le mouillage avec les annexes à plusieurs que seul. Georges et Michèle ont vendu leur petite exploitation d'horticulture pour les mêmes raisons que nous. Mais ils ont un but plus précis : rejoindre une de leurs sœurs établie en Australie, et pour ce faire, ont choisi le bateau.

Ils habitaient Nyons, ville que nous aimons beaucoup et où nous campions souvent, et cela nous rapproche. Nous décidons de faire route ensemble, autant que faire se peut en bateau, c'est-à-dire que nous ne nous arrêterons jamais dans un port sans que Laurent ne se précipite à la recherche de Lélia et Sébastien ; et presque toujours nous aurons choisi les mêmes mouillages sans nous être concertés !

Nous garderons un mauvais souvenir de Carthagène, port sale et bruyant qui nous enlèvera toute envie de partir à la découverte de la ville et nous quittons les lieux au petit jour. Mais, en compensation, c'est notre journée de chance pour la pêche ; nous attrapons tant de bonites que j'inaugure les conserves : court-bouillon à l'eau de mer avec épices diverses, puis mise en bocaux avec de l'huile d'olive et stérilisation. Nous les trouvons bien meilleures que celles du commerce. Le soir, à Garrucha, un festin bonites est organisé (car il y en a encore !) auquel nous convions *Antarès*. Pour la première fois depuis des semaines, nous sommes amarrés à un semblant de ponton — il est en construction — et Ophélie peut enfin aller à terre. En vrai chat qui se respecte, elle préfère les promenades nocturnes. Si elle a regagné le bord avant le jour, tant mieux ; mais si un empêchement s'est présenté, il faut attendre son retour la nuit suivante, même si telle n'était pas notre intention. Elle choisit toujours les ports les plus sales et les moins intéressants — du moins à notre avis ! — pour nous obliger à rester un jour de plus. Ici à Garrucha, petit village loin de toute activité touristique, les rues en pente sont en terre battue, les maisons des cubes blancs où cochons et vaches dorment dans l'étable attenante à la cuisine. Depuis Adra, l'influence arabe est visible dans chacune de ces villes côtières, et nous pouvons pratiquer sur le terrain, géographie et histoire des civilisations d'une façon bien plus vivante et attrayante que dans les livres !

Almuñecar restera dans notre souvenir comme le port fantôme : sur la foi des Instructions Nautiques (dernière édition !) nous l'avons cherché en vain. La plage est splendide, la ville charmante, et le seul mouillage en face de la plage. Une forte houle le rend intenable, et nous devons rapidement lever l'ancre au milieu de la nuit. Ainsi s'acquiert l'expérience !

Nous avons rendez-vous à Malaga avec *Antarès*. Ce sera une déception, car il n'y a qu'un minuscule port de plaisance réservé aux locaux. Nous devons accoster à couple des chalutiers. Le lendemain, plus d'Ophélie. Elle a dû encore se faire prendre par le lever du jour et rentrera ce soir. Mais quelle n'est pas notre surprise, et celle des autres bateaux, de la voir bondir, avant même son arrêt, d'un chalutier revenant de sa journée de pêche en mer ! Elle devait être à leur bord cette nuit, attirée par l'odeur du poisson, et, surprise par leur départ le matin, elle n'a pu que rester là. Aucun des pêcheurs ne s'était aperçu de sa présence. Mais qu'elle sent mauvais : un mélange de marée et de fuel ! Un seul remède, le bain !

Un violent vent d'est se lève, qui nous empêche de rester là plus longtemps. *Antarès* préfère abandonner la place et quitter ces lieux inhospitaliers. Dans l'obligation d'attendre les cours de Laurent, retardés par une grève des postes françaises, nous cherchons refuge au milieu des cargos et nous nous glissons à côté d'un superbe yacht espagnol à moteur avec gardien et pont en teck. Ophélie ne se tient plus de joie ; enfin du bois sous la patte pour se faire les griffes ! Je dois la garder sous surveillance, car nous avons une chatte capitaliste, à goûts de luxe, qui marque une prédilection pour bateaux en teck ! Sitôt à quai, elle choisit toujours de visiter les plus beaux. Je préfère encore ces escapades inoffensives aux nuits où elle rentre, triomphante, avec miaulements retentissants et queue en bataille, nous ramenant à bord, et vivants de préférence, lézards, souris et autres animaux divers ! Nous profitons de cette semaine de séjour forcé pour faire du tourisme, mais sommes heureux de lever l'ancre car l'eau du port n'est pas potable, et les réservoirs seront bientôt vides.

Dernier port espagnol, Estepona fête son inauguration le jour de notre arrivée. Nous effectuons les ultimes bricolages, profitant de l'électricité sur le ponton, car nous ne retrouverons pas de sitôt un tel confort. Ophélie traverse décidément une période faste en sottises. A quatre heures du matin, un miaulement rauque déchire la nuit. Notre chatte rentre à bord en traversant le carré au galop et se jette sur notre couchette qui se transforme en piscine ! Réveillés en sursaut, nous comprenons qu'elle vient de tomber à l'eau. D'ailleurs, l'examen de ses pattes le confirme : ses griffes sont cassées. Par chance pour elle, ici, il n'y a pas de corps mort, mais des bouts auxquels il faut s'amarrer. Il en traîne tant dans l'eau qu'elle a pu les utiliser pour remonter à bord. C'est sa première chute et ce ne sera pas la dernière.

Le rocher de Gibraltar se profile à l'horizon. Le vent est plus régulier. Il nous a souvent fait défaut cet été. Et ce sont les retrouvailles avec *Antarès*. Nous redécouvrons l'entrecôte et le beurre — surgelés bien sûr — et faisons des orgies de pommes de terre en robe des champs et de petits déjeuners à la française : pain frais, beurre et café au lait. La navigation est parfois faite de bonheurs bien terre à terre ! Les vélos sont très appréciés et utilisés à chaque escale ; *Antarès* fait de même. Nous montrons à nos enfants les *horse-guards* en leur expliquant l'histoire de ce bout de rocher, et le pourquoi de la frontière qui le sépare de l'Espagne.

Légalement, Ophélie n'a aucun droit d'aller à terre : nous sommes en territoire anglais. Je crois même que nous avons « omis » de signaler un chat à bord au moment de la *clearance*. Honni soit qui mal y pense ! Mais ce ne sont pas des lois qui l'empêcheront de rendre une visite de politesse à ses amis chats anglais !

Nous sommes pourtant à couple d'*Antarès*, lui-même à couple d'un troisième bateau et tous très en-dessous du niveau du quai. Il y a pour aller à terre, une échelle de fer qu'Ophélie ne pourra jamais escalader. Mais... le bateau près du quai est gréé à l'ancienne, avec une échelle de corde dans les haubans. Enfantin ! Une fois sur la première barre de flèche qui est à hauteur du quai, il n'y a plus qu'à sauter à terre. Pour le retour, aucun problème. Hélas, à cet endroit passent les pipes-lines amenant le fuel à Gibraltar et le sol en est couvert. Au matin, nous découvrons le pont d'*Antarès*, repeint en blanc et tout frais de la veille, constellé de pattes de chat qui ne peuvent être que celles d'Ophélie ! Nouvelle couche de peinture pour *Antarès* et nouveau bain pour Ophélie !

Tout étant détaxé ici, nous rendons une visite au *ship* et Laurent peut acquérir le fusil sous-marin dont il rêve depuis que Claude lui a appris à plonger.

On nous déconseille vivement de nous arrêter à Ceuta, l'enclave espagnole au Maroc, où le port serait, paraît-il, très sale. Mais le fuel y est donné et la différence de prix vaut bien quelques traînées sur la coque, d'autant que nous savons que ce sera pire à Las Palmas des Canaries. Alors, en route pour Ceuta.

***

Toutes voiles dehors, nous laissons derrière nous l'Europe. Par chance, il y a bon vent et beau temps, car traverser l'autoroute à cargos qu'est le détroit de Gibraltar a de quoi effrayer plus téméraires que nous. Ceuta nous plaît, et un accueil pour la plaisance existe. Que demander de plus ! Nous partons pique-niquer tous ensemble à vélo dans les forêts d'eucalyptus, les enfants grimpent aux arbres, pour changer un peu du mât. Quel dommage que nous n'ayons pu amener Ophélie ! Le plein de fuel terminé, et sans dégâts, nous prenons la direction de Tanger où nous pousse un fort *levanter*. Rapidement, la ville et ses maisons blanches apparaissent sur la colline. Nous nous amarrons à grand-peine, car le port est très encombré et nous voulons rester loin du quai où nous découvrons avec effarement un alignement de chats ! Ce n'est pas nous qu'ils attendent, mais Ophélie qui les considère, assise pleine de dignité sur le roof. Comme il n'est pas question de voir tout ce monde à bord, c'est nous qui serons obligés de prendre des risques pour aller à terre afin de préserver la vertu de notre chatte !

Les formalités de douanes accomplies — les plus longues depuis notre départ — vite, nous courons à la découverte des souks, enthousiasmés et éberlués devant ces montagnes de victuailles, fruits, légumes, volailles, poissons. Qui peut bien acheter tout cela ? Le passage à l'heure T.U. nous chagrine car les jours deviennent très courts brusquement et nous avons tant à voir ! Nous remplissons nos bateaux de mandarines, oranges, dattes, figues, huile, farine, etc. Les pessimistes nous diront que tout est charançonné, mais il faut bien nous y habituer, et d'ailleurs ce n'est pas vrai pour ce que nous achetons ici.

Nous retrouvons *Zen* qui convoie des clients aux Canaries. La bande de copains se reforme, agrandie de Charles-Henri, rencontré sur *Marie-Charlotte*. Belle équipe, où l'on ne connaît pas l'ennui. Il n'est plus question de devoirs ! Devant le fait accompli, nous décidons que ce sont les vacances de la Toussaint. Le départ est fixé au jeudi 28 octobre.

***

En accomplissant les formalités douanières, Gérard, qui effectuait son deuxième voyage aux Canaries, avait expliqué à Georges et à Marc :

— Pour Las Palmas, pas de problèmes. En sortant d'ici, tu navigues cent milles tout droit, puis virage à gauche à 90 degrés et sept jours après, au pire, ce sont Les Canaries.

Tous les autres y seront, mais pas nous ! Nous mettrons quinze jours ! Un record, mais tout à la voile !

Les premières vingt-quatre heures sont épuisantes. Nous devons nous réacclimater à la vie en pleine mer, les vagues sont fortes et le vent très violent. Marc ne veut pas brancher le *Navik*, estimant qu'il ne supporterait pas un temps pareil. Nous nous rappellerons plus tard ses paroles et comprendrons à quel point il avait raison. Nous nous relayons donc à la barre. Et puis, le matin suivant, tout se calme et nous sommes encalminés. Nous en profitons pour nous reposer un peu, puis décidons de mettre le moteur en route. Aucune réaction ! Les batteries sont à plat ! Il est bien temps de se préoccuper de l'indicateur de charge ! L'installation électrique de Robert est parfaite, mais l'erreur est d'avoir relié les quatre batteries entre elles et de n'en avoir réservé aucune pour le moteur. Il est trop tard pour se lamenter. Cherchons plutôt une solution. Marc, que rien ne prend jamais au dépourvu, — pas de pétrole à bord, ni de bougies, mais des idées ! — sort un vélo de la soute à voile, l'installe sur l'alternateur, et à tour de rôle, nous pédalons ! Rien à faire ! Son système ne doit pas encore être au point ! Il a au moins eu le mérite de nous faire rire ! Il faut économiser les cartouches de la lampe à gaz, les piles, et garder le peu de courant qui reste pour les feux de mât. Pourquoi n'y a-t-il pas de lampes à pétrole à bord alors qu'il y en avait cinq à la maison ? Mystère ! Nous qui voulions « avoir notre temps », nous sommes servis ! Nous en profitons pour mettre les cours de Laurent à jour, nous lisons, nous cuisinons. Mais, la pêche est maigre car nos lignes sont coupées à ras du bateau, et nous devons renoncer, faute de munitions !

Pendant quinze jours, le temps sera splendide, sans une goutte de pluie, mais sans vent non plus, hélas ! Les couchers et levers de soleil sont magnifiques et c'est la pleine lune. La première nuit, après notre départ de Tanger, lorsque je suis venue relever Marc à la barre, j'ai été éblouie par la voûte du ciel. Jamais je n'avais vu autant d'étoiles. Elles brillaient très fort et j'ai vraiment eu l'impression de me trouver sous une coupole illuminée dont les bords touchaient la mer. Et que d'étoiles filantes !

Un léger vent se lève, mais du sud ! Enfin, mercredi 8 novembre, tout rentre dans l'ordre et nous apercevons la terre : c'est Ténériffe. Mais la mer a de ces retournements ! Alors que nous n'avions pas un souffle de brise depuis deux semaines, nous allons nous battre pendant quatre heures, au prés serré, contre un courant et un vent violents, qui nous interdisent l'accès de Santa Cruz. Le capitaine n'a confiance qu'en lui ce soir et ne lâche pas la barre. La ville illuminée nous nargue, les feux rouge et vert du port scintillent, et Ophélie assise sur le roof hume désespérément cette bonne odeur qui arrive de terre ! Enfin, à onze heures du soir, nous réussissons à jeter l'ancre dans l'avant-port, sans même choisir notre emplacement, car sitôt franchie la passe, le vent est complètement tombé ! Nous fêtons dignement notre arrivée et nous nous écroulons sur nos couchettes, vaincus par la fatigue et le *vino tinto* espagnol (au moins pour Marc et moi) !

Au petit matin, un nageur vient nous réveiller : nous avons mouillé à côté de *Manx, Endurance 35* aussi, dont le capitaine Jacques se propose de nous initier aux mœurs ténériffiennes. Le plus intéressant est qu'il possède un groupe qui va nous permettre de recharger nos batteries. L'après-midi, nous allons à terre et le soir, à bord de *Manx*, Jacques nous raconte comment il a essuyé une tempête force onze au large de la Bretagne, avec son *Endurance* tout juste construit : nous pouvons avoir confiance, le bateau est solide.

Le lendemain, nous courons vite au marché. Laurent est déçu : il ne trouve pas de bananes ! Ténériffe mériterait une visite plus prolongée de l'intérieur de l'île, mais nous croyons ne pas disposer d'assez de temps. Sur la foi de nombreux témoignages et lectures, nous avons toujours peur de quitter les Canaries trop tard et n'avons pas osé même en Europe, visiter toutes les villes que nous aurions aimées ; en effet, nous avions la conviction, que partagent beaucoup de gens, que le début du mois de décembre était la dernière limite pour le départ de la grande traversée : plus tard, il n'y aurait plus d'alizés. Au retour du marché, une surprise nous attend : le vent a tourné et le port est envahi de mazout. C'est le sauve-qui-peut ! Nous remorquons une annexe tellement sale que nous n'osons pas la hisser à bord et partons au moteur, n'ayant aucune envie de tirer encore des bords !

A vingt et une heures, nous arrivons dans la baie de Las Palmas pour mouiller à côté d'*Antarès*. Que de choses à se raconter ! Ils n'ont pas bénéficié de plus de vent que nous, mais leurs batteries étaient chargées ! Une partie de la nuit se passe en discussions, situation assez cocasse pour des gens qui ne rêvent, durant leurs quarts nocturnes, que de la longue nuit de sommeil qu'ils vont s'offrir sitôt l'ancre jetée.

Nous sommes tous réunis là, et décidons d'une nouvelle période de vacances scolaires. Avec les courses et les préparatifs à faire, nous ne pouvons pas surveiller les devoirs. Il y a aussi deux anniversaires à souhaiter : Lelia a sept ans et Laurent douze. Nous nous transformons donc en pâtissières plutôt qu'en professeurs.

La course au ravitaillement commence, compliquée par l'éternel problème de Las Palmas : mettre pied à terre sans être couvert de fuel. Le *Club Nautico* est tout aussi agréable et accueillant que les autres (excepté celui d'Alicante) : on peut s'y doucher à condition de se cacher comme des parias et de ne pas se faire prendre. Le plus vite possible, nous levons l'ancre pour rallier Porto Rico, au sud de l'île où nous sommes à quai, avec prise d'eau et une redevance minime. La plage est jolie et l'eau encore tiède.

Soirées à terre, avec feux de bois, poissons grillés et guitares de toutes nationalités sont de rigueur. Nous lions connaissance avec *Marco-Polo :* Martial est médecin, et Frédérique s'occupe, avec un flegme que nous lui envions toutes, de ses trois petits diables ! Quentin soufflera sa première bougie pendant la traversée. Il ne marche pas encore, mais est le champion à quatre pattes ! Rien ne l'arrête, pas même la descente du carré ! Et un matin, emporté par son élan, il trouve le tout petit passage libre entre le filet de protection et le balcon : c'est la chute. Frédérique ne s'affole pas, prend le temps de poser ce qu'elle tient, et plonge, mais en attrapant Quentin à l'aller, ce qui a pour résultat de les entraîner tous deux au fond du port ! De retour sur le pont, Quentin a jugé cet épisode extrêmement comique, mais ce n'est pas l'opinion de Frédérique : elle est blanche de frayeur rétrospective.

Entraînés par Georges, une vraie force de la nature, nous décidons de profiter des grandes marées — si l'on peut dire ! — pour caréner à tour de rôle. Ce n'est pas facile : pour accéder à l'endroit favorable, il faut contourner une épave de chalutier qui repose au milieu du bassin, à fleur d'eau. Mais Georges et Michèle viennent aider chacun de nous à relever l'ancre, à gagner la place exacte, caréner et ramener le bateau propre comme un sou neuf.

Les derniers préparatifs s'achèvent. Chaque jour, nous avons des demandes d'embarquement. Nous voulions vraiment effectuer cette traversée en famille, mais nous ne sommes que deux pour la veille — nous ne pensons pas pouvoir exiger de Laurent qu'il prenne des quarts ; même le bruit du moteur ne le réveille pas ! — et une troisième personne pourrait nous rendre service. Finalement, le contact s'établit avec un jeune Suédois. La sympathie est mutuelle, et c'est primordial, car la promiscuité pose vite des problèmes à bord d'un bateau, et il faut bien réfléchir avant d'intégrer, à une cellule familiale, si fragile en mer, un nouvel élément. Mais ce garçon ressemble comme deux gouttes d'eau à mon frère, et nous n'aurons pas l'impression d'embarquer un étranger. Le dernier jour, il se dédit : il a trouvé un voilier suédois, et comme sa connaissance de la langue anglaise était sommaire (la nôtre aussi !), il a craint que nous n'ayons des difficultés de communication. Tout en comprenant très bien ses raisons, nous sommes un peu déçus, habitués que nous étions déjà à l'idée d'avoir un équipier.

Le samedi 25 novembre, *Zen* et *Antarès* s'élancent, cap à l'ouest. C'est un départ très mouvementé, car *Antarès* n'était pas tout à fait prêt. Michèle revenait de dépenser ses dernières pesetas au super-marché et n'avait pas eu le temps de tout ranger. Le sac de cinquante kilos de farine que nous venions de partager se trouvait encore au milieu du carré. Georges n'en a cure ; il veut franchir la passe le premier. Un bon petit vent force 6 les cueille et Michèle se retrouve nageant au milieu des légumes, de la farine et des œufs ! Elle prend cela avec philosophie, sachant que rien n'aurait arrêté son mari, et elle commence sa traversée par un nettoyage en règle d'*Antarès*.

Nous allons en car chercher les cours de Laurent à la poste de Las Palmas (*Zen* et *Antarès* ne suivent pas de cours) en longeant la côte sur soixante kilomètres et découvrons avec étonnement l'alternance des complexes touristiques allemands ultra-sophistiqués et des pauvres demeures des pêcheurs locaux. Le contraste est vraiment choquant.

Une grosse enveloppe de devoirs corrigés nous attend. Les professeurs ne savent pas encore exactement les raisons de cette inscription au CNTE et ne supposent pas que nous vivons sur un bateau. Chaque devoir est accompagné d'un mot du correcteur, et Laurent se sent très proche de ses maîtres. Il y a également une pile de devoirs à faire. Nous ne nous ennuierons pas pendant la traversée.

Le mercredi 28 novembre, à treize heures trente, nous appareillons. Il fait un temps splendide, la mer est belle, et il n'y a pas de vent. Nous quittons le port, salués selon la coutume par le « charivari » de Porto Rico — cornes de brume, casseroles, cloches et autres ustensiles bruyants. Le rêve devient réalité, du moins le croyons-nous.

Le rêve brisé

Porto Rico s'éloigne dans notre sillage. *Kari* nous a suivis à une demi-heure près, et nous le voyons brusquement faire demi-tour. Changerait-il d'avis ? Nous saurons plus tard qu'il ne s'agissait que d'un tout petit problème de batterie, mais Michel préférait partir sûr de son bateau. Leur catamaran, construit en série sur des plans de Michel, donne envie d'essayer un multicoque. Leur fille Nathalie est, comme Laurent, inscrite en cinquième au CNTE, et un échange de livre de latin contre livre d'anglais nous a rapprochés. Quant à Thierry, il est encore bien petit, et les connaissances de Michel et Dominique sont suffisantes pour lui apprendre à lire et à écrire.

Le jour se couche sur une mer absolument plate.

Pendant la nuit, une légère brise se lève. Les alizés sont faibles, cette année. Nous en profitons pour nous reposer. Nous avons tous les trois un peu le mal de mer, car il faut se réadapter après une si longue escale. Le rythme « traversée » s'installe à bord : nous investissons le carré, la banquette babord devient la couchette du capitaine ; je prends celle de tribord et nous abandonnons notre cabine à Laurent, tout heureux de bénéficier d'un lit de 140 ! Il peut ainsi laisser jouets et livres sur sa propre couchette sans même prendre la peine de les ranger dans le coffre. Nous nous plongeons dans la lecture ; la bibliothèque du bord est bien garnie, mais pas autant que je l'aurais souhaité, car Marc n'a pas voulu embarquer la totalité des caisses de livres que j'avais préparées. *Diapason* aurait coulé sous la charge !

Le lendemain de notre départ, nous sommes dépassés par un superbe voilier anglais. Serions-nous si nombreux à vouloir traverser l'Atlantique que nous serons toujours en compagnie d'un ou deux bateaux ? Mais ce n'est qu'un hasard qui ne se reproduira plus.

La première semaine se passe très calmement. Bien amarinés maintenant nous ne nous ennuyons pas, bien que la moyenne ne soit pas sensationnelle. Nous ne regrettons plus de ne pas avoir d'équipier à bord, car nous suffisons à deux la nuit. Le *Navik* donne des signes de faiblesse et Marc trouve là une sérieuse occupation. Comme les alizés ne semblent pas vouloir forcir, la décision est prise de ne pas faire escale au Cap Vert, où nous nous étions donné rendez-vous avec *Antarès* et *Zen*. Nous rallierons directement Fort-de-France, et Marc rectifie le tracé sur la grande routière de l'Atlantique Nord étalée en permanence sur la table à cartes. Laurent maîtrise parfaitement la technique du point astro, et moi aussi. Nous utilisons les tables HO 249. Le travail scolaire avance mollement, mais il faut dire qu'à douze ans à peine, le calcul d'un point, ce n'est pas si mal : cela vaut bien une heure de mathématiques.

Le jeudi 7 décembre, c'est l'accalmie. L'eau devient de plus en plus chaude, et nous nous aspergeons à grands seaux. Nous ne pêchons pas et scrutons les fonds en vain pour tenter d'apercevoir quelque poisson. Pas de dauphins non plus, alors que nous en avions eu une formidable escorte peu après le départ des Canaries. Le silence (relatif, mais nous sommes si habitués à l'océan que nous n'entendons plus le bruit des vagues) est seulement troublé par le *Perkins* qu'il faut bien mettre en route de temps en temps pour recharger les batteries. Pour changer un peu, Marc décide de passer aux fourneaux aujourd'hui. Il y aura de la crème au chocolat au menu. Le soir, je veux combler une lacune de mon éducation, et demande à Marc de m'apprendre à jouer à la belote. Eh oui ! Je ne sais pas ! Laurent comprend bien plus vite que moi et demain, nous devrions pouvoir engager une partie convenable tous les trois. A vingt-trois heures, les feux intérieurs sont éteints. Au-dehors, subsistent seuls les feux de mouillage et les feux de route ne sont allumés qu'en cas de rencontre avec un autre bateau, ce qui est rarissime. A quelque deux cents milles de Puerto Rico, de nuit, un cargo nous a gratifiés de nombreux appels de lampe Scot pour réclamer le passage. Depuis, c'est le grand calme.

Le lendemain, le jour se lève vers huit heures. Nous paressons sur nos couchettes, discutant de la manière dont nous allions illuminer *Diapason.* Car on emmène ses traditions avec soi, et la coutume veut que le 8 décembre, en souvenir d'un vœu fait à la Vierge pour éloigner la peste, les fenêtres de Lyon s'habillent de milliers de petites bougies. Nous le faisions à la maison ; donc, ce soir, illuminations à bord. Mais Marc a senti un souffle de vent — depuis la veille, c'est plutôt le calme. Vite, tout le monde sur le pont : on va pouvoir toiler un peu plus. Laurent prépare le foc... il n'y aura plus jamais d'illuminations le 8 décembre. Marc vient de mourir.

***

La syncope a été foudroyante. Nous décrochons son harnais et l'allongeons sur le pont, au pied du mât. Je suis horrifiée, mais que faut-il faire ? Tout tourbillonne dans ma tête. Marc ne bouge plus, yeux fixes et dents serrées. Laurent va hurler à nouveau. Je ne sais pas ce qu'exprime mon regard, mais il pose seulement ses deux mains sur sa bouche et ses yeux s'agrandissent d'horreur.

Marc a besoin de secours immédiat, et Laurent également. Dois-je essayer pour Marc le toni-cardiaque en injection que nous avons dans la pharmacie du bord ? Mais je suis seule à savoir où elle se trouve : pour aller la chercher, il me faudra laisser Laurent avec son père ; et si Laurent descend avec moi dans le carré, Marc reste seul sur le pont sans soins. C'est atroce, je ne trouve pas d'ordre de priorité, et pourtant je dois me décider très vite. J'affirme à Laurent, d'une voix forte pour qu'il me comprenne malgré l'état de choc et de panique dans lequel il est, qu'il ne sert à rien de s'affoler et que nous devons avant tout garder notre sang-froid ; j'essaie de m'en persuader moi-même. En même temps, j'ai détaché le harnais de sécurité de Marc. Aucun vêtement ne le serre puisqu'il ne porte qu'un tee-shirt et un maillot de bain. Ah ! pourquoi ne suis-je pas médecin ? Je me sens si impuissante ! Finalement, je décide d'envoyer Laurent chercher la pharmacie et je commence la respiration artificielle. J'ai beaucoup de difficultés à desserrer les dents de Marc, et m'efforce de rassembler toutes mes connaissances pour effectuer le mieux possible le bouche-à-bouche en attendant le retour de Laurent. Je ne dois absolument pas penser que c'est mon mari qui est là, allongé sur le pont, sinon je vais être submergée par le chagrin et laisserai passer l'impossible chance que j'ai peut-être de le sauver. Mais en même temps, il me faut mettre toutes mes forces dans ces essais de réanimation parce qu'il s'agit précisément de mon mari. Tout n'est que contradiction, désordre et désarroi dans mon esprit. Et je dois aussi continuer de parler à Laurent, l'encourager dans ses recherches, car il ne trouve pas la pharmacie tant son affolement est grand. Il faudrait que je puisse me dédoubler, mais hélas, je suis seule.

Laurent me crie :

— Maman ! Je ne peux pas trouver les médicaments, ni les seringues.

Et sa voix, à travers ses larmes, monte dans l'aigu, frôle des tonalités hystériques mais contient en même temps un tel désarroi que je le rappelle auprès de moi. Je ne suis pas en mesure de le guider dans ses recherches, concentrant toutes mes forces sur Marc. Je sais où est la pharmacie, mais l'expliquer me paraît une tâche au-dessus de mes capacités en ce moment. Et puis, Laurent ne doit plus rester seul. Tant pis pour ce médicament, le massage cardiaque me semble le plus urgent, car chaque minute compte. Il n'est donc pas question que je l'arrête pour descendre chercher des seringues. D'ailleurs, avec mon affolement et mon manque de pratique, combien de temps me faudra-t-il pour préparer la piqûre ?

J'alterne respiration artificielle et massage cardiaque. Laurent est revenu et se tient prostré à côté de nous. Je ne peux rien pour lui. Toute mon énergie, je l'emploie à sauver son père. Nous ne parlons plus, tendus vers ce seul but : que Marc revive. Mais je m'épuise et n'arrive plus à soutenir le rythme nécessaire. Que faire ? A qui demander de me remplacer pour la respiration artificielle pendant que je continuerai le massage cardiaque ? A qui sinon à Laurent ? En ai-je le droit ? Cela existe-t-il de demander à un enfant de douze ans de pratiquer le bouche-à-bouche sur son père ? Ne vais-je pas lui créer un choc supplémentaire dont il ne se remettra jamais ?

Il n'a pas été nécessaire que je demande : Laurent a compris seul et sans rien dire, vient m'aider. Mais je ne saurai jamais ce qu'il a ressenti à ce moment-là.

J'ai compris tout de suite que la syncope était fatale, et je ne sais pas ce qui nous pousse à continuer jusqu'à la limite de nos forces. Peut-être l'espoir fou, contre toute logique et toute raison, que Marc allait revivre. Il m'avait pourtant bien fait promettre qu'en cas d'accident, je ne laisserais pas prolonger sur lui une tentative de réanimation trop longue, car il préférait être mort plutôt que de rester handicapé. Mais, se souvient-on de promesses de ce genre lorsqu'on doit soi-même effectuer la réanimation ? Seule une volonté farouche de voir revivre la personne que l'on tente de sauver vous anime.

Il est dix heures lorsque, sans avoir réalisé que nous nous acharnons depuis si longtemps, nous abandonnons, épuisés. Après avoir glissé un coussin sous la tête de Marc — réaction stupide, j'ai peur que ce soit trop dur, comme s'il était encore vivant — et recouvert son corps d'une couverture, nous le laissons allongé sur le pont et nous nous retrouvons dans le cockpit, ahuris, atterrés, et réalisant que nous sommes désormais seuls, en plein Atlantique. Nous ne pouvons même pas pleurer. Laurent a seulement hurlé lorsque son père s'est effondré, et c'est tout. Ce qui nous arrive dépasse tout ce que nous aurions pu imaginer comme accident à bord. Nous avons l'impression d'être tombés au fond d'un gouffre. Sans réactions, nous nous regardons sans mot dire. Les faits ont de la peine à se frayer un chemin jusqu'à notre entendement.

Et brusquement, sans explication logique, j'ai la sensation de me dédoubler. Je suis toujours aussi anéantie, mais je me lève et commence à agir. Je note l'heure. Cet accident devra être consigné sur le livre de bord. Le bateau est livré à lui-même depuis plus de deux heures, il est temps de faire un point et de réfléchir à la meilleure façon de le toiler. Et tout d'abord, il faut récupérer la drisse. Marc l'a lâchée en perdant conscience. Mais, première leçon que nous donne la Vie, et très faible lueur au fond de notre désespoir, au lieu de remonter en tête de mât, la drisse s'est enroulée autour d'une de nos barres de flèche. Il faut que l'un de nous grimpe rapidement : qui va le faire ? moi ? Laurent ne le veut pas et je ne souhaite pas qu'il y aille. Nous sommes terrorisés à la perspective d'un autre accident. Mais si nous ne montons pas immédiatement, nous ne le pourrons jamais plus. Je laisse à Laurent la manœuvre, car je supporterai mieux que lui le choc de revoir quelqu'un grimper au mât. Même pour cette hauteur, je l'assure. Le foc est enfin hissé ! *Diapason* reprend sa route.

Mais pour où ? Quel cap suivre ?

Retourner aux Canaries ? Il n'en est pas question. Il faudrait y aller au moteur et nous craignons de ne pas avoir assez de fuel.

Nous ne sommes pas loin du Cap Vert où *Antarès* et *Zen* nous attendent. Mais est-ce si sûr ? Et s'ils n'y sont pas, nous nous trouverons seuls, dans un pays dont nous ne parlons pas la langue, avec une personne de moins à bord. Le bateau sera forcément immobilisé ; et ces îles venant d'accéder à l'indépendance, les problèmes de douane et de police risquent d'être plus épineux qu'ailleurs.

Le plus raisonnable, et sans doute le plus facile nous parait à tous deux de continuer notre route sur les Antilles. Car nous en discutons ensemble. Et nous pensons en être capables. C'est peut-être plus loin, mais au moins, nous serons « chez nous », en territoire français. De plus, Marc avait, deux jours auparavant, retracé la route sur la carte, et il nous semble que nous nous plaçons sous sa protection en suivant ses projets.

Nous faisons un point. *Diapason* ne s'était même pas écarté de la bonne route.

Et maintenant ? Notre décision est prise, nous suivons le bon cap, nous avons paré au plus urgent. Notre esprit est libre et réalise enfin vraiment. Nous nous terrons dans le carré, dans l'impossibilité de supporter ce ciel bleu, ce soleil qui nous semblent une insulte à notre malheur. Laurent sanglote enfin, ne pouvant admettre qu'il n'a plus de père, qu'il ne le reverra jamais. C'est son premier contact avec la mort et avec cette notion de définitif qu'elle implique, car nous ne sommes pas croyants. En dehors de tous les sentiments que j'éprouve à titre personnel, je suis effondrée pour mon fils : ce n'est pas la vie que je voulais lui offrir en le mettant au monde. J'ai moi-même perdu ma mère à douze ans, et aurais tant souhaité qu'il ne connaisse jamais cela. Alors, je lui raconte son père tel que je l'ai connu, avant sa naissance à lui, Laurent ; notre vie à tous les trois, lorsqu'il était encore petit. Nous essayons de calmer notre peine à l'aide de nos souvenirs.

Au début de l'après-midi, la réaction physique se fait sentir : nous nous mettons à trembler. La pharmacie de bord est pourtant bien garnie, mais rien n'a été prévu pour ces cas-là. Nous avons en fait deux pharmacies : une allopathique et une homéopathique. C'est dans cette dernière que je cherche un médicament susceptible de nous aider. Je me décide pour des granules d'arnica que nous prendrons régulièrement jusqu'à l'arrivée, d'abord en doses fortes, puis en les diminuant progressivement.

J'ai osé sortir du carré pour aller voir Marc. Mais hélas, le miracle n'a pas eu lieu. Tout est bien fini. Qu'allons-nous devenir ? Pour le moment, *Diapason* est notre seul refuge. Notre maison est louée, nous ne pouvons pas y retourner, et de toute façon nous sommes presque au milieu de l'Atlantique. Il nous faut d'abord arriver à Fort-de-France. C'est plus fort que nous, les problèmes qui se posent en questions angoissées concernent non pas la traversée, mais notre vie à terre. Nous sommes en train d'annuler la traversée, pour revenir à Saint-Genis et reprendre notre existence où nous l'avons laissée en juin, visualisant notre vie à la maison sans Marc, en oubliant totalement que nous n'aborderons pas en Europe, mais aux Antilles, en pays inconnu. Quant à l'argent, pour le moment nous n'en avons pas besoin. Toutes ces interrogations se bousculent à la fois dans notre tête et ajoutent à notre désarroi. Elles me permettent de reculer l'heure où il faudra bien que je prenne une décision. Car le plus dur reste à faire : il est impossible de garder le corps de Marc à bord. Et si je me trompe ? S'il n'était vraiment qu'en syncope prolongée ? Bien sûr, il est seize heures, et depuis ce matin, il ne respire plus. Mais je suis seule pour prendre une telle résolution et je tremble moins pour ce qui est arrivé que pour ce qui reste à accomplir. Je décide de repousser tout cela jusqu'à la tombée de la nuit. Et nous parlons, nous nous saoulons de paroles, pour ne plus avoir à penser. Nous revoyons tous les moments heureux vécus ensemble — il n'y en a pas eu d'autres. Laurent découvre tout un aspect de son père qu'il ne connaissait pas. Nous sommes courbatus, comme avant une grippe, et j'ai réellement mal à l'intérieur de la poitrine, comme si on avait arraché une partie de moi-même. C'est donc si court seize ans de vie commune, et nous n'aurons eu droit qu'à cela de bonheur ? Et Marc qui n'a même pas eu la chance de pouvoir aller jusqu'au bout de son rêve. C'est trop injuste ! Mais au moins, il ne s'est pas rendu compte de la situation dans laquelle il nous laissait, ayant eu la fin que tout le monde souhaite : immédiate et brutale. Il accomplit ses dernières heures de navigation, sur le pont de son bateau, en notre compagnie. Son visage est sculpté par la couverture et je le vois à travers le hublot avant du roof. Pour lui, ne valait-il pas cent fois mieux mourir ici, en accomplissant son rêve, plutôt que derrière son établi d'horloger ?

Au cours de la journée, je suis revenue plusieurs fois à côté de Marc. Je le regardais et le suppliais intérieurement de se réveiller. Tout cela ne pouvait être qu'un malaise ; à l'extrême limite une mauvaise farce que nous jouait la vie. Mais Marc ne bougeait pas. Et pourtant, stupidement, je ne perdais pas tout espoir, car son corps ne se refroidissait pas ni ne se raidissait pas. Mais que savais-je du temps nécessaire à un corps humain pour atteindre la rigidité cadavérique ? J'avais atrocement peur de l'immerger alors qu'il n'était peut-être pas mort. Je n'ai aucune référence à laquelle me raccrocher en ce domaine car je ne connais personne autour de moi qui ait pu être confronté à une situation de cette sorte.

Le visage de Marc est calme, reposé : il n'a pas dû souffrir. « Tu es allongé sur le dos et j'ai croisé tes mains sur ta poitrine, comme tu le faisais lorsque tu te préparais à faire la sieste, sous le prunier au bord de la piscine, à Saint-Genis. C'est incroyable : tu es mort et je vis. J'ai si souvent eu peur de cela depuis que nous nous connaissons. Et c'est arrivé : je suis de nouveau seule, comme après la mort de ma mère. Je suis seule au monde car je vivais surtout pour et par toi. Je ne me révolte pas ; pas encore. Mon Dieu, si j'avais pu savoir, je n'aurais pas dormi cette nuit. Je t'aurais regardé pendant des heures entières puisque c'étaient les dernières. Pourquoi n'ai-je pas été avertie ? Pourquoi, la nuit précédente, me suis-je levée comme une folle pour écouter si ton cœur battait, car dans mon cauchemar, il s'était arrêté ? Je t'avais réveillé et tu avais ri de mon angoisse. Était-ce une prémonition ? Mais je ne l'ai pas comprise. Pourquoi notre amour vient-il de finir ici, en plein océan ? Pourquoi si tôt et surtout pourquoi toi et pas moi ? Par chance, si j'ose dire, tu n'as rien compris et tu n'as pas réalisé dans quelle situation tu nous abandonnais, sinon tu ne montrerais pas un visage si serein.

Qu'allons-nous devenir ? Sur qui vais-je m'appuyer pour vivre ? Qui m'épaulera pour élever Laurent ? Parfois, par égoïsme, je te disais de ne pas mourir avant moi, et surtout pas avant que Laurent soit grand. Et tu me répondais que personne n'est indispensable et que je saurais très bien élever Laurent sans toi. Mais y croyais-tu vraiment ou était-ce seulement pour calmer ma peur ?

Tu étais mon rempart contre les difficultés de la vie, dont les chocs ne m'arrivaient qu'atténués. Je vais maintenant monter en première ligne, seule. Désespérément seule. Je touche ton visage : il est toujours tiède. Mais il fait si chaud. Je suis folle : tu es bien mort et rien ne te ramènera à nous. Nous étions pourtant si heureux, ce matin, du vent qui se levait. T'ai-je seulement embrassé à notre réveil ? Et cette dernière nuit que nous n'avons même pas passée ensemble puisque tu avais pris la couchette solitaire du navigateur. Ah si nous avions pu prévoir ! Je t'aurais donné encore plus de tendresse et d'amour. Quelle saleté, la vie ! Pourquoi avoir attendu que nous soyons isolés, loin de tout secours pour toi ? Que vais-je devenir, seule avec Laurent ? Jamais nous ne serons capables de traverser cet océan sans toi. »

Un bruit de pleurs m'arrache de l'abîme où je suis plongée. J'ai passé plus de temps que les autres fois à côté de Marc et Laurent, abandonné à lui-même, sanglote doucement dans le cockpit. Je me lève pour le rejoindre. Il ne sera pas revenu une seule fois près de son père et ne l'a pas demandé. Je l'ai si bien compris que j'ai effectué toutes les manœuvres seule pour qu'il n'ait pas à remonter sur le pont.

Nous ne disons rien. Pensons-nous seulement à quelque chose de précis ? De même que l'on perd connaissance sous une douleur physique trop forte, notre esprit, en état de choc, est « évanoui ». Depuis ce matin, nous vivons dans cet état d'inconscience, anesthésiés par la douleur. Nous agissons mécaniquement, mais c'est le vide absolu dans notre esprit : l'horreur de la situation est telle que nous avons perdu conscience. Nous venons de voir la mort en face, seuls et sans aide. Comment ne pas être profondément choqués ?

Le soir tombe. L'instant si redouté est arrivé. Je suis assise sur le pont, à côté de Marc. Son corps s'est légèrement raidi. Oui, il est mort. J'en suis sûre, et je dois l'être pour ne pas devenir folle de peur à l'idée que je pourrais l'immerger seulement inconscient. Mais pourquoi, pourquoi en suis-je réduite à accomplir cela ? Comment procéder ? Je ne pleure même pas, ma peine et surtout ma peur sont au-delà des larmes. Je cherche désespérément, tête et bras repliés sur mes genoux, une référence, non pas dans ma vie — qui a jamais, dans mon entourage, vécu une telle chose ? — mais au moins dans mes lectures, une situation ou un cas semblable. Hélas, rien. Aucun souvenir. Je dois trouver seule les gestes à accomplir. Comment vais-je avoir le courage de regarder le corps de Marc tomber à l'eau sans m'y jeter avec ? Et je ne supporterai pas la vue de son visage à l'instant où il plongera dans l'Océan. Je ne veux rien voir. Et je ne peux pas le laisser comme cela : un mort est toujours recouvert d'un linceul. Je vais donc envelopper Marc dans la couverture qui le recouvre en ce moment.

Le fait qu'il n'aura pas de sépulture traditionnelle ne me choque pas. Quel plus beau tombeau que la mer ? J'ai peur de ne pas agir comme il faut. Je renie des siècles de traditions en n'offrant pas à mon mari des funérailles plus solennelles. Sa mort est vraiment réduite à rien : tout l'apparat qui l'entoure d'ordinaire n'a pas cours ici. Et je suis si ennuyée de ne pas pouvoir lui offrir mieux, et aussi que sa famille et ses amis ne l'entourent pas. Mais, qu'est-ce que cela changerait-il ? Je divague. Je dois agir.

Et cette couverture ? Comment faire pour qu'elle ne se déplie pas au moment du choc dans l'eau ? Pour qu'elle ne soit pas emportée par les vagues, laissant à découvert le corps de Marc. Je ne veux pas le voir flotter sur l'eau dans le sillage du bateau. Mais, flottera-t-il ou va-t-il s'enfoncer immédiatement ? J'ose à peine formuler la question, et personne ne peut me fournir la réponse. Je ne saurai jamais car je ne regarderai pas. J'arrive à rouler Marc dans la couverture et commence à passer un bout autour de lui. Quelle horreur ! Quel colis macabre suis-je en train de confectionner ? Et puis Marc est lourd. Si lourd que je me demande si je vais parvenir à le basculer par-dessus bord. Je ne peux m'empêcher de penser que s'il était mort à un autre endroit du bateau, j'aurais dû avoir recours à l'aide de Laurent. Au moins je n'ai pas été réduite à cette extrémité et je ne sais qui je dois remercier de n'avoir pas dû infliger cette épreuve supplémentaire à mon fils. Je détache le filet de protection entre deux chandeliers. Il est cloué de part en part, mais je l'arrache, car si je devais descendre chercher une pince pour ôter les cavaliers qui le retiennent, jamais je n'aurais le courage de remonter achever ma lugubre tâche. Le corps de Marc est entièrement roulé dans la couverture et ainsi caché à ma vue. Je le pousse en position parallèle au bordé pour n'avoir plus qu'à le rouler par-dessus bord. Je ne sais pas où j'en trouve la force car Marc est très lourd, et je dois m'y reprendre à plusieurs fois pour que son corps bascule enfin dans l'eau. J'ai atteint le fond de l'horreur. Je me précipite dans le cockpit pour embrayer le moteur, qui tournait hélice débranchée, car j'avais peur que la couverture ou le bout ne s'y accroche. Maintenant je veux m'éloigner le plus vite possible de ces lieux. Mais Laurent était déjà là et il a devancé mon geste. Depuis combien de temps était-il à la barre ? Qu'a-t-il vu ? Je le prends dans mes bras et nous regardons droit devant nous, sans tourner la tête. Il ne faut pas. A quoi bon ? *Diapason* avance doucement, abandonnant son capitaine dans son sillage. Marc va reposer au fond de cette mer qu'il aimait tant, les yeux tournés vers les millions d'étoiles qui scintillent ce soir ; il a rejoint la nature. Tout est terminé.

***

Laurent pleure et je ne trouve rien pour le consoler. J'ai toujours mal au milieu de la poitrine, mais je ne peux pas pleurer. Je reprends la barre et Laurent s'installe contre moi, sans un mot car nous sommes incapables de parler. La journée que nous venons de vivre nous aurait parue inimaginable hier seulement. Nous restons prostrés dans le cockpit. La nuit est totale. La présence de mon fils m'oblige à réagir : maintenant il faut nous organiser pour vivre. Nous devons absolument avaler quelque chose de chaud pour être capable de supporter l'effort physique que va exiger cette traversée. Nous branchons le pilote et je vais inspecter le pont. Tout est en ordre. Nous descendons dans le carré. Laurent ne veut plus dormir seul dans notre cabine, je l'installe alors sur ma couchette tribord, et il s'endort presque instantanément, terrassé par le chagrin.

Je prends la couchette bâbord, celle du capitaine que je suis à présent, seule responsable de nos vies et de notre route. Quelle charge écrasante ! Je ne m'étais pas embarquée pour ce genre de navigation.

Laurent dort, la chatte est invisible ; elle n'est même pas venue quémander son repas. Je suis seule, livrée à moi-même et à mes réflexions.

La lumière au-dessus de la table à cartes est allumée : je ne l'éteindrai jamais la nuit, car elle crée une sorte de présence. La radio reste également ouverte en bruit de fond, pour meubler le silence. Pour garder encore un peu Marc parmi nous et naviguer sous sa protection, nous avons voulu mettre dans le carré une de ses photos. Mais elles sont toutes enfouies dans un coffre où nous n'avons pas eu le courage d'aller les chercher ; nous n'avons donc trouvé qu'une petite photo d'identité que nous avons agrafée en haut de la carte sur laquelle notre route est tracée.

J'essaie de mettre un peu d'ordre, mécaniquement, car mon esprit est bien loin. Je me refuse avec la dernière énergie à imaginer ce qu'il est en train d'advenir de Marc.

1976

DIAPASON est fin prêt

Le 7 décembre 1978 à 14 heures

Laurent à la barre

L'arrivée sur la Martinique

Je ne veux plus penser à ce qui est arrivé aujourd'hui et me retourne vers notre passé : j'ai quitté *Diapason* et suis revenue à terre, quinze ans en arrière, lorsque j'ai rencontré Marc. Combien de temps suis-je restée ainsi, plongée dans mes souvenirs ? Le claquement des voiles me rappelle brutalement à bord ; la mer ne me laisse pas de répit. Nous sommes encalminés, et je dois monter sur le pont. Je suis si fatiguée que toute manœuvre me paraît impossible à effectuer, et pourtant il le faudra bien si nous voulons arriver en vie de l'autre côté. Cette nuit est interminable. Je ne parviens pas, malgré ma fatigue, à m'assoupir plus de dix minutes, et après ces quelques instants de répit, chaque retour à la réalité est un nouveau choc.

Le samedi 9 décembre, le jour se lève enfin et Laurent se réveille. L'apaisement que lui avait apporté le sommeil s'achève et il pleure de nouveau. Et à ma peine s'ajoute la douleur de voir mon fils ainsi désespéré.

Le vent n'a pas forci, au contraire. Nous préférerions une allure plus rapide qui nous obligerait à une certaine activité... que nous n'aurions sans doute pas la force de mener à bien. Alors, la nature est peut-être dans le vrai en nous ménageant et en nous gratifiant d'une navigation calme pour nous permettre de récupérer nos forces.

Brusquement Laurent m'appelle : il y a un gros poisson à la ligne de traîne. Les images tournoient à une vitesse folle dans ma tête. Laurent est encore trop petit pour comprendre que depuis hier soir, il devait y avoir foule autour de notre bateau. Il croit seulement que Marc nous l'a envoyé pour nous faire plaisir et insiste tellement que je lui promets de le préparer et de le cuire. Nous nous forçons à déjeuner.

La pompe de cale se met en route une fois, deux, trois. C'est beaucoup, c'est trop. Nous ouvrons la trappe du moteur. Il n'est pas normal qu'il y ait tant d'eau dans les fonds. Le presse-étoupe coule trop, mais surtout, quel désastre, de l'eau suinte des coffres où sont installés les réservoirs. Le presse-étoupe, je saurai le resserrer, car j'ai souvent vu Marc le faire. Heureusement, sur *Diapason* le compartiment moteur est d'accès facile. Pour atteindre le réservoir, je dois commencer par vider les deux coffres sous lesquels il se trouve. Pourvu que je ne sois pas obligée de scier le plancher ! Par chance — si on peut dire — Marc avait prévu des regards. La fuite se situe au raccord du tuyau qui relie le réservoir à la pompe. En prévision de la traversée, nous les avions remplis à la limite de l'éclatement. Il suffira de mettre du joint. Tout cela n'est pas si grave, mais nous avons l'impression ce matin que *Diapason* s'est rendu compte qu'il n'avait plus de capitaine et que tout se détraque à bord. Ce ne sont que petits problèmes inhérents à une traversée, mais nous ne sommes pas en état de le réaliser et croyons que le sort s'acharne sur nous. Comme nous sommes épuisés, le moindre effort nous pèse. De plus, mes deux genoux sont entièrement à vif, et profondément entamés : j'étais en maillot de bain au moment de l'accident, et j'ai pratiqué la réanimation pendant une heure et demie les genoux à nu sur le pont sablé. C'est en me relevant et en voyant du sang par terre, alors qu'il n'y avait aucune raison d'y en avoir car Marc ne s'était pas blessé, que j'ai réalisé l'état de mes genoux. Comme nous avions très froid, nous avons enfilé jeans et anoraks et j'avais seulement posé une gaze en guise de protection. Mais ce matin, tout est collé et la position agenouillée que je dois adopter — car il n'y en a pas d'autre — est loin d'être confortable. Je serai obligé de renouveler l'opération-joint deux jours de suite, et enfin, le troisième jour, le réservoir est à nouveau étanche.

L'aide de Laurent m'est précieuse. Il suivait son père comme son ombre, en le saoulant de questions. Il a tout retenu, connaît la place de chaque outil. Il possède en plus un sens aigu de la voile, et m'indique tous les réglages à effectuer.

Aujourd'hui, je suis si fatiguée que j'arrive à peine à hisser la grand-voile. Ces réparations, deux points, une méridienne suffisent à remplir la journée, car tous nos gestes sont faits presque au ralenti. Pendant ce temps, nous ne pensons pas. Sinon, ce serait l'effondrement.

Nous avons pris une résolution au cours de cette journée : nous ne sommes pas responsables de ce qui est arrivé. Nous ne cessions, depuis hier matin, de nous demander... si j'étais montée en tête de mât à la place de Marc... si nous avions renoncé à récupérer cette drisse et avions utilisé celle de secours... si nous n'avions pas été en mer, mais en ville, à côté d'un hôpital. Non, il ne fallait pas nous torturer ainsi, car, si à la situation dramatique dans laquelle nous nous trouvions, nous ajoutions encore la responsabilité de la mort de Marc, notre raison allait chavirer et nous ne nous en sortirions pas vivants. Car, pour aller jusqu'au bout du raisonnement : si nous n'étions pas partis ? Et qui avait donné le feu vert du départ ?

Mon adhésion au projet. Aurais-je refusé que nous serions toujours à Saint-Genis et Marc en vie. A ce moment-là, Laurent lui-même n'accepta plus de poursuivre et me força à admettre, exemples d'accidents de voiture ou autres à l'appui, que nous n'y étions pour rien. C'est le jeu de la vie et de la mort, rien de plus.

Seuls face à l'océan

Et c'est la nuit de samedi à dimanche. Je dois réveiller Laurent et cela me désespère. Le sommeil lui procure au moins l'oubli, et il fait peine à voir au moment où il reprend contact avec la réalité. Son regard reflète toute la détresse du monde. Non seulement il n'a plus son père, mais parce que je suis incapable de le remplacer, il doit devenir responsable, lui si jeune. J'ai honte de ne pas savoir m'en sortir seule, mais le *Navik* ne répond plus. J'ai barré aussi longtemps que j'ai pu, et maintenant Laurent doit me relayer. Nous attendrons l'aube pour essayer de réparer. Marc était un bricoleur-né, moi pas. Il faut pourtant que je me débrouille seule. Laurent avait aidé son père à installer le pilote, il le connaît donc beaucoup mieux que moi, et il s'aperçoit assez vite qu'une goupille du système de sécurité a disparu. Nous consolidons la fixation de la pale à l'aide de bouts. Cela nous prend malgré tout quatre heures, que nous passons à plat ventre à l'arrière du cockpit, avec la bordure qui nous enfonce les côtes, les mains et souvent la figure dans les vagues. Enfin, notre réparation semble tenir, mais nous savons que pour aider le pilote, il nous faudra barrer plus souvent.

Nous descendons dans le carré pour nous reposer un peu et manger. Puis nous prenons une méridienne et venons nous installer dans le cockpit. Mon regard erre sur le pont, sans rien voir, mais ce n'est pas le cas pour Laurent. Il pâlit en me montrant le foc : trois coulisseaux de voile ont lâché : la tige s'est dérivetée et a disparu. Comment allons-nous les remplacer ? Je sais que, par un oubli grave, il n'y a ni coulisseaux de rechange ni fil de fer à bord. Marc en avait fait la remarque après les Canaries. Nous sommes effondrés, ressentant encore plus notre solitude et notre abandon. A ce moment, atterrit à nos pieds l'embout d'un des sandows qui amarre la barre. En effet, lorsque le temps le permet nous installons ce système pour soulager la barre et l'idée nous vient à tous deux en même temps !

Il suffit de le détordre, et nous aurons un morceau de tige pour réparer nos coulisseaux. Aussitôt dit, mais pas aussitôt fait : c'est dur, un crochet de sandow, et nous ne sommes pas encore très musclés. Mais nous ne céderons pas devant un bout de ferraille, et une heure plus tard, nous remplaçons la tige des coulisseaux par un crochet de sandow pas très droit, mais qui consent pour nous remonter le moral à passer à travers les deux trous du coulisseau. Nous enrobons le tout de sparadrap chirurgical pour éviter les frottements sur la voile. Encore un peu de couture pour soutenir le fil qui est usé par endroit, et le tour est joué. C'est peu de chose, mais pour nous, c'est vital. Depuis hier, nous avons réussi à réparer le réservoir, le pilote et ces coulisseaux. Nous prenons confiance en nous : le bateau avance ; lentement, mais dans la bonne direction et nous parvenons à faire face aux problèmes qui surgissent. Aurions-nous une petite chance de nous en sortir ?

Le lendemain, nous avons une bonne surprise ! Les alizés ! Ce soir, je devrais laisser le génois à poste, mais je n'ose pas. Les manœuvres à effectuer de nuit sont réduites au maximum car j'essaie de les faire seule, sans réveiller Laurent. Nous sommes de plus en plus harassés. Nos mains sont entièrement couvertes d'ampoules, même entre les doigts, malgré l'utilisation de crème. Et dans ces zones chaudes, les gants ne sont pas supportables.

Nous avons tangonné seuls pour la première fois. Laurent me donne les explications et j'assure la manœuvre ; j'ai dû la refaire à plusieurs reprises. Nous quittons enfin les jeans et anoraks que nous portons depuis l'accident et enfilons à nouveau maillots de bain et tee-shirts. Nous avons incroyablement maigri et mes deux genoux sont toujours dans un piteux état. Ils ne s'infectent pas, mais ne cicatrisent pas. Le soleil y aidera, peut-être.

***

Aujourd'hui, nous ne pouvons plus toucher une écoute. Les ampoules se sont ouvertes et nos mains sont à vif. Nous nous relayons à la barre, car le *Navik* accuse encore des signes de faiblesse. De cinq à huit heures, j'ai barré, pendant que Laurent préparait le petit déjeuner, composé de pan-cakes dont il fait lui-même la pâte. Nous avons voulu plusieurs fois, effectuer des changements de voile au lever du soleil — c'est à ce moment que le vent se lève ou tourne — le ventre creux, avant de prendre le temps de manger. Sortis sur le pont pour dix minutes, nous y étions encore une heure plus tard. Notre irritabilité grandit parce que nous sommes trop faibles. Il est donc préférable de manœuvrer l'estomac plein. Les travaux d'entretien courant à bord accaparent notre temps et notre énergie. Mais, si nous ne sommes désœuvrés, nous ne savons que faire de notre temps. Je ne peux plus lire, n'arrivant pas à fixer mon attention. Laurent ne parvient plus à travailler, pour les mêmes raisons, je suppose. Alors il dessine. Des plans de bateaux, sa maison, le jardin, sa vie d'avant.

Ophélie a été, elle aussi, profondément choquée par la disparition de son maître. Elle ne ronronne plus et erre comme une âme en peine sur le pont tous les soirs, à la tombée du jour. Puis, elle s'assied à la place où Marc était allongé, et je dois souvent aller la chercher pour la ramener dans le carré, trempée par les embruns.

Le crépuscule est terrible, angoissant. La solitude nous pèse encore plus. Mais nous n'avons pas peur. Notre confiance en *Diapason* est totale. Nous ne sommes pas en période de cyclones. Quels risques pourrions-nous courir ? Rien ne peut être pire que ce qui vient d'arriver.

Nous soupons ensemble, et préparons le bateau pour la nuit. Laurent s'endort assez vite ; pour lui, ces journées sont aussi éreintantes sur le plan physique que sur le plan moral. En plus de son chagrin, il est, à douze ans à peine, responsable de nos vies et du bateau quand il est à la barre et que je profite de ce moment pour dormir. Il en est parfaitement conscient, et cette responsabilité l'écrase. Alors le soir, le chagrin, les larmes et la fatigue ont raison de lui.

J'essaie au maximum de meubler les nuits : vaisselle, toilette, préparation de la pâte à pain qui sera cuite au matin, mais aucune de ces activités n'empêche de penser. Vaincue enfin par l'épuisement, je m'endors vers trois heures du matin et sommeille deux heures. Le bateau reste ainsi le moins possible sans surveillance, car je n'ai plus aucune confiance dans le pilote.

***

Ce matin, mercredi 13, un bon vent de nord-est s'est levé : les alizés ! La mer est bien formée, mais rien que de très normal avec ce vent-là. Pour la première fois depuis cinq jours, un léger espoir nous envahit : nous reprenons tout doucement confiance dans la vie, Laurent joue même un court moment avec Ophélie. Sa présence à bord est bénéfique. Elle doit être réceptive à notre nouvel et fragile espoir et consent à s'amuser avec le bout de laine que Laurent lui agite dans les pattes. Elle n'est pas aussi amicale avec moi : souvent, la nuit, elle grimpe sur ma couchette, prête à partager mes heures de repos, comme elle le faisait avec Marc. Elle me renifle et me mord — oh ! pas méchamment — pour montrer sa déception : c'est son maître qui devrait être là et non moi.

Aujourd'hui, je cuisine de nouveau, avec l'aide de Laurent. Il est vraiment un équipier accompli.

Nous ne progressons pas si mal. Notre moyenne n'est pas époustouflante, mais, compte tenu de notre état physique et moral, nous pouvons être fiers de nous. Nous nous surprenons même à faire des projets pour notre arrivée. Est-ce possible ? L'espoir est absolument indéracinable de l'être humain, et d'une certaine façon, cela me blesse. Mes pensées sont confuses et contradictoires : je me croyais incapable de vivre sans Marc, et chaque jour qui passe m'apporte un cruel démenti. Je voudrais me mettre en boule dans un coin, pleurer, penser à lui pour ne pas m'en éloigner. Mais, en mer, il n'en n'est pas question, et au lieu de cela, c'est de l'espoir que je ressens à chaque difficulté vaincue. J'ai presque honte d'arriver à vivre sans lui. Le plus étonnant est que Marc, en ce moment et jusqu'à notre arrivée, n'est mort que pour nous. Je me sens investie d'un étrange pouvoir : aussi longtemps que nous resterons en mer, sans aucun contact avec le monde extérieur, Marc sera vivant. Au moment où notre famille sera prévenue, il mourra une seconde fois.

Je parle beaucoup avec Laurent : je ne veux pas qu'il se mure dans son chagrin et dans le silence. Il ne fait aucun cauchemar, manifestant seulement une peur panique de me voir tomber à l'eau et frôlant la crise nerveuse si la nuit lorsqu'il se réveille il ne me voit pas immédiatement. Nous avons donc établi un « modus-vivendi » : il est interdit d'effectuer un changement de voile de nuit ou de jour si l'autre dort. Si le temps forcit, nous avons à la traine un bout de quarante mètres terminé par une grande boucle, et j'ai montré à Laurent comment le remonter au winch... s'il me trouvait un jour à l'extrémité ! Cela nous ralentit terriblement, mais nous devons arriver vivants tous les deux. En principe, nous devrions porter obligatoirement notre harnais. Mais, au fil des jours, je suis moins sévère, car le harnais est parfois plus encombrant qu'utile. Quand la mer est mauvaise ou très houleuse, nous le portons, mais le reste du temps, nous nous agrippons fortement — « une main pour soi, une pour le bateau ».

Cet après-midi, après avoir pris une méridienne, nous essayons de travailler, installés dans le cockpit. Brusquement Laurent, dont l'esprit est accaparé par la navigation plutôt que par ses devoirs, trouve bizarres les évolutions du pilote. Il a vraiment l'œil du maître : rien ne lui échappe sur *Diapason.* Cette fois, l'incident est grave. La traverse du bâti-support vient de se dessouder d'un côté, et l'autre côté ne demande qu'à suivre. Nous voilà dans la situation du noyé qui se croyait presque sauvé et à qui on enfonce de nouveau la tête sous l'eau. Sans un mot, nous démontons le *Navik* ne laissant que le bâti-support. Laurent se souvient avoir vu dans le coffre à outils, un produit de soudure à froid. Mais je doute qu'il puisse y avoir un résultat positif car nous travaillons dans l'eau de mer et il faudrait vraiment un produit miracle pour qu'il prenne dans ces conditions. J'effectue un essai, pendant que Laurent barre. Mais la houle a forci et je travaille la tête sous l'eau au passage de la vague. Comment une soudure pourrait-elle tenir dans ce cas ? Il faudrait mettre à sec. Et je ne trouve rien pour remplacer cette traverse. Je suis sûre que Marc trouverait la solution. Je suis désespérée de mon incompétence, et Laurent, pour me consoler, m'assure que rien ne peut être fait sans mettre à terre.

Le coucher de soleil est magnifique, mais sa beauté ne

nous est d'aucune aide. Nous sommes condamnés à barrer jour et nuit, jusqu'à l'arrivée. Jamais nous ne verrons la fin de ce voyage. Comment Laurent va-t-il pouvoir assurer des quarts ? Il arrive à me convaincre et nous essayons d'organiser le partage : je prendrai les quatre premières heures de la nuit, de vingt-deux heures à deux heures. Laurent les deux suivantes, puis je le relaierai. La journée, il devra barrer ou cuisiner seul, alors que jusqu'à présent, il restait dans le cockpit à côté de moi si je barrais, ou m'aidait à la cuisine, tout en surveillant le bateau et la mer.

Quelle nuit ! Malgré tous mes efforts, moi qui dors très mal depuis le 8 décembre, je me suis assoupie à la barre durant une bonne heure, et *Diapason* en a profité pour changer de cap ! Laurent a assuré son quart en marin confirmé. Lui qui dormait douze heures quand son père était là ! Il est retourné se coucher à quatre heures et je l'ai réveillé à nouveau à huit heures. Il a préparé notre déjeuner — œufs, pan-cakes, chocolat, fruits, puis je suis allée dormir deux heures. Les alizés ne nous ont pas quittés et nous pouvons amarrer la barre avec des sandows, ce qui nous permet de nous reposer et d'être ensemble.

Dans la nuit de vendredi quinze à samedi seize, le vent tourne et faiblit. Il faut barrer, il n'est plus question de barre amarrée et de sandows. A deux heures du matin, je n'ose pas réveiller Laurent : il était si fatigué hier soir ! Je mets à la cape, car je suis également épuisée et me suis endormie à la barre : je viens de me réveiller en tombant de mon siège dans le cockpit. Encore heureux que je sois restée à l'intérieur du bateau ! Mais je ne me repose pas longtemps car la houle est très forte et la couchette vraiment inconfortable. Laurent ne paraît pas en être incommodé et dort à poings fermés.

***

Samedi à midi, le vent est revenu. Foc tangonné et grand-voile en ciseaux, qu'il est beau *Diapason !* Mais nous sommes toujours astreints à barrer. Laurent n'en peut plus. Il est désespéré parce que nous n'avons plus de vie commune, de vie de famille en somme. Comme nous ne prenons même plus nos repas ensemble, il n'a plus faim. J'essaie pourtant de lui consacrer le plus de temps possible, mais comme je dois également passer la plus grande partie de la nuit éveillée, je suis à bout de forces. Il faut absolument trouver une solution. Je suis à la barre, Laurent à côté de moi, plongé dans le récit de la première Transat de Tabarly. Il saura bientôt tous ses livres par cœur ! Soudain, il bondit. Le système de la trinquette amarrée sur la barre franche ! Comment ne nous en sommes-nous pas souvenus plus tôt ! Nous installons une poulie pour le rappel et nous utiliserons un winch de l'autre côté. Notre réserve de sandows est heureusement importante. Et le soir, grâce à Tabarly, nous pouvons souper ensemble, et même jouer aux cartes. Paradoxalement, ce problème de pilote nous aura apporté notre première joie — oh ! toute relative — depuis huit jours. Notre confiance en nous-même vient de renaître, et il nous semble apercevoir une lueur au bout du tunnel. Nous n'étions pas préparés à une traversée de ce genre et l'apprentissage est dur. Laurent, que j'avais vu démoralisé pour la première fois, va se coucher avec un léger sourire aux lèvres. Cette nuit, je resterai éveillée longtemps, mais à l'intérieur du bateau, à surveiller de temps en temps si tout va bien. Laurent fera de même pendant son quart, qu'il assure par mesure de précaution. Mais, notre confiance en ce système est telle qu'au bout de quelques jours, il ne prendra plus de quart et il m'arrivera de dormir quatre heures.

La nuit suivante, je perds ma belle tranquillité d'esprit, car nous sommes environnés d'éclairs, et les grains sont violents. Je suis inquiète : la seule chose que j'appréhende vraiment sont les orages. J'ai peur des éclairs. Une peur panique, irraisonnée et dont je n'ai jamais, jusqu'à présent, pu venir à bout. Mais mes craintes ne sont pas fondées, et au matin le beau temps est revenu. Nous n'avons pas beaucoup avancé, car nous avons tendance à sous-toiler pour éviter les manœuvres obligatoires en catastrophe au passage des grains : nous sommes trop fourbus pour cela.

La trinquette nous préoccupe : pourra-t-elle supporter un tel effort jusqu'au bout ? Elle remplace notre pilote ! Nous surveillons les coulisseaux, et pour leur éviter une usure trop rapide, nous les entourons de sparadrap chirurgical qu'il faut renouveler tous les quatre ou cinq jours pour cause de disparition ! J'ai enfin compris qu'il ne faut pas laisser un bateau sans surveillance, exactement comme un enfant ! Chaque jour, nous vérifions manilles, mousquetons, voiles et drisses, et si les premiers jours, nous ne pensions pas à graisser les ridoirs, cela a bien changé !

***

Nous sommes lundi 18 décembre. Le temps est toujours bizarre : vent instable et forte houle. Cette nuit, le foc s'est détangonné, la grand-voile se met à contre sans arrêt et notre système de pilotage n'est plus suffisant. Il faut de nouveau barrer. Laurent a entendu et se réveille sans que je l'appelle pour prendre son quart. Je le relaie deux heures plus tard, mais à cinq heures, je suis si épuisée que je descends m'allonger quelques minutes — après avoir rebranché notre « pilote » — et m'endors pour me réveiller... à neuf heures ! Laurent est à son poste depuis deux heures ; le pain et le petit déjeuner sont prêts ! Quel piètre capitaine je fais ! Le vent est très faible et tourne sans interruption nord-est, est puis sud-est ; nous sommes obligés de changer continuellement la voilure pour profiter au maximum de cette faible brise. Les résultats obtenus en faisant le point nous démoralisent. Jamais nous n'aurons la force d'aller jusqu'au bout si nous n'avançons pas plus vite. Notre mode de vie doit être adapté à chaque genre de vent ! Là, nous devons barrer tout le jour, et nous branchons notre système pour pouvoir mieux nous reposer la nuit. Mais ce pilote ne rectifie pas la route, et il nous faut en tenir compte dans nos calculs. Une nuit légèrement cap au sud, rectification la journée, une nuit légèrement cap au nord, et ainsi de suite. Que de chemin inutile ! Jamais nous n'aurions imaginé gagner les Antilles en naviguant de cette façon ! Où sont les célèbres vents de nord-est portants ? Existent-ils vraiment ceux qui ont traversé sans toucher un réglage de voile ? Nous arrivons à en douter !

A cinq heures du matin, surprise, je vois une lumière à l'horizon : un cargo, ou du moins un gros bateau suit une route perpendiculaire à la nôtre, nord-sud. J'en suis toute réconfortée. Nous ne sommes pas seuls. Je pourrais envoyer des fusées. Mais pourquoi faire ? Nous ne pouvons quand même pas emprunter à ce bateau un de ses hommes pour nous accompagner jusqu'à Fort-de-France, c'est impossible. Alors, que demander ?

Nous ne sommes pas malades, nous avons assez de vivres et d'eau à bord. Il pourrait prévenir notre famille. Elle sera encore plus angoissée de nous savoir seuls en plein Atlantique sans pouvoir nous aider. Lorsque nous sommes partis, nous l'avons fait en pleine connaissance de cause ; nous nous sommes placés volontairement hors de la protection de la société, ce n'est pas pour appeler à l'aide à la première difficulté. Si nous demandons du secours, nous serons pris à bord du cargo, et qu'adviendra-t-il de *Diapason ?* Nous ne voulons pas le voir passer à l'état d'épave. Laurent est d'accord avec moi : tant que nous en aurons la force, nous nous battrons. Marc m'a appris qu'il faut savoir se débrouiller seul et que la liberté se paie. Nous avons choisi et nous payons.

Le jour se lève, traînant avec lui de sales nuages gris. Le vent forçit sud-sud-est et la mer se creuse. Cela n'a pas d'importance ; car enfin, nous avançons ! C'est notre premier mauvais temps, seuls à bord. Nous nous relayons à la barre toutes les heures — Laurent ne peut pas assurer plus de temps mais il ne veut pas être en reste et reprend sa place de force ! La porte de la descente doit être complètement fermée et je n'aime pas le savoir seul dehors. Il n'a pas peur et barre parfaitement. Vers midi, ma confiance est telle que je peux dormir pendant mon heure de repos. Mais celui qui reste au dehors doit obligatoirement porter son harnais. Aujourd'hui la consigne est plus que jamais impérative. A travers le hublot, je vois Laurent siffler sous la pluie et le vent ; il est heureux ; *Diapason* répond bien et malgré son jeune âge, mon fils ressent aussi ce sentiment de puissance et de liberté qui vous étreint lorsque, face aux éléments, vous êtes seul maître de votre vie, sentiment grisant qu'il n'oubliera pas.

En fin d'après-midi, la pluie cesse. Nous avons réussi à prendre une méridienne. Laurent est préposé au sextant, ses relevés étant meilleurs que les miens ! La mer s'est calmée, mais pas le vent. Pour une fois, nous laissons filer le bateau sans le sous-toiler, toute la nuit, « pilote Tabarly » installé. Il serait dommage de briser une si belle moyenne ! Dans le carré, nous nous préparons à passer la soirée ensemble. Laurent peut enfin abdiquer ses responsabilités. Il prépare le repas et j'ai décidé du menu car il a horreur d'être obligé de prendre cette décision-là ! Je n'en comprends pas la raison, mais il décide de choses tellement plus importantes que je peux fermer les yeux là-dessus. Nous reprenons un rythme de vie normal et il peut redevenir un petit garçon qui ne pense plus qu'à jouer avec sa chatte. Le point du lendemain nous fera la surprise de cent trente milles en vingt-quatre heures. Nous n'en croyons pas nos yeux et décidons de fêter l'événement en soignant le menu. Reprendrions-nous goût à la vie ?

***

Ce soir, le vent a faibli. Le moteur tourne, car il faut bien penser à recharger les batteries. Mais Ophélie n'aime toujours pas cela ! Il fait très beau et nous avons passé la journée en maillot de bain, sans pull-over.

L'état de mes genoux ne s'améliore toujours pas. Ils ne veulent pas cicatriser. J'essaie de leur éviter les embruns, mais ce n'est pas facile ! La journée se passe en vérifications, graissage, la routine. Laurent espère que le beau temps durera jusqu'à Noël car il serait vraiment trop triste de devoir passer cette soirée l'un à la barre et l'autre dans le carré.

Je crois que Laurent sera exaucé. Le vent faiblit de plus en plus. Le soir, nous devons affaler le génois qui n'en finit pas de raguer, ne laissant que la grand-voile et notre trinquette-pilote. J'appréhende la soirée de demain et toute la semaine qui va suivre. Nous nous faisions une joie de ce Noël en mer depuis que *Diapason* était en construction. Et nous voilà seuls tous les deux, loin de notre famille et de tout être humain. Je donnerais dix ans de ma vie pour ne pas avoir à vivre cela. Sans que nous le sachions, Laurent a eu l'année passée son dernier Noël d'enfant, avec sapin et cadeaux que l'on découvre au petit matin dans les souliers, devant la cheminée. Jamais il ne retrouvera cette joie. Il y a plus malheureux que nous, mais cette pensée ne nous procure aucun réconfort.

***

Le 24 décembre, nous sommes complètement encalminés. Laurent regarde depuis ce matin les poissons qui évoluent autour de *Diapason*. Il a sorti son fusil. Jusqu'à présent, il était incapable de le réarmer seul et appelait toujours son père à l'aide. Il lui faut maintenant apprendre à se débrouiller seul et après plusieurs essais infructueux, il y réussit sans se faire mal. Il n'est pas peu fier ! Quelques instants plus tard, un superbe poisson se balance au bout de la flèche. Bien que le menu de Noël soit déjà prévu, nous allons le préparer. Mais qu'il est dur ! Il a une sorte d'arête-cran d'arrêt sur le dos, qui s'est ouverte lorsque Laurent l'a ramené à bord. J'ôte soigneusement viscères et foie, par mesure de précaution, mais je ne parviens pas à couper la tête : la peau est trop résistante. Il est installé dans le plat sur un lit de pommes de terre et d'oignons, mis au four. Deux heures après, la peau est toujours aussi dure, et les légumes sont devenus roses et bleus. Malgré notre étonnement, nous ne voulons pas laisser passer une occasion de manger un poisson frais. Je jette les légumes — c'est aussi Noël pour les poissons qui nous suivent ! — et parviens à lever les filets. Ils ont la consistance et un peu le goût du veau. Ophélie se régalera avec nous.

Puis brusquement la nuit tombe. Cette pêche a réussi à occuper nos esprits jusqu'à présent, mais maintenant les souvenirs refont surface et le désespoir avec. Ce soir, je pleure enfin, à ne plus pouvoir m'arrêter. Laurent sanglote à son tour. Le barrage a cédé lorsque nous avons sorti les cadeaux. Car tout avait été prévu : Laurent avait confectionné en cachette, aux Canaries, un présent pour chacun de nous. Quelle tristesse ! Pendant que Marc était encore vivant, les dix premiers jours, il avait aussi dessiné des décorations pour *Diapason* et j'ai tenu à ce qu'il les accroche. Mais le cœur n'y est pas.

Par comble de malchance, le magnétophone est en panne, et toutes les cassettes que nous avions enregistrées pour Noël ne servent à rien. Peut-être cela vaut-il mieux. Nous ne les aurions pas écoutées, mais nous nous serions souvenu de leur enregistrement, et cela aurait été encore plus pénible. Seule la radio nous a procuré un peu de réconfort. Nous nous endormons dans le carré tous les deux, épuisés par le chagrin, sans même avoir pensé à ce qu'il pourrait advenir du bateau. Mais ce soir, qu'importe !

Je me réveille vers minuit, mets de l'ordre, fais la vaisselle, pétris le pain. Je le travaille plusieurs fois dans la nuit et l'enfourne vers six heures le matin. Ainsi, Laurent se réveille avec la bonne odeur de pain chaud. Le moral s'en trouve réconforté pour la journée. Toutes ces activités, jointes aux lectures et à l'écoute de la radio, me tiennent éveillée une grande partie de la nuit. Il y a aussi la contemplation du ciel et des étoiles, des vagues et du sillage phosphorescent qu'elles laissent derrière elles. Ophélie en est toute intriguée. Et chaque fois que je remonte un seau d'eau, elle se précipite pour essayer de saisir ces algues microscopiques qui scintillent encore. Elle y plonge la patte, et va même jusqu'à boire cette eau de mer, au prix d'un dégât certain sur son système digestif !

Une nuit, une étoile brillait en tremblotant, vaguement rouge, juste au niveau de l'horizon, derrière nous. Mon cœur n'a fait qu'un bond : j'ai cru que c'était la lumière d'un mât. Puis elle a monté dans le ciel et j'ai réalisé mon erreur. Plusieurs soirs de suite, au moment où le cercle du soleil disparaissait dans l'océan au bout de notre étrave, le disque de la lune apparut à l'opposé. Nous ne savions plus où donner du regard !

Mais aujourd'hui, toute cette beauté nous laisse

indifférents. Nous sommes encore encalminés ! Jusqu'à présent notre allure nous satisfaisait. Nous ne battrons pas le record de la traversée, mais, si ce rythme pouvait continuer, nous devrions voir la terre début janvier. A condi tion de ne pas faire du sur place ! Alors, pour notre moral plus que pour maintenir notre moyenne, nous lançons le *Perkins*. Nous ne pouvons pas le laisser tourner une journée entière, et comme le vent ne daigne pas se manifester, le point du mercredi 27 est à peu de chose près identique à celui de la veille. Je suis comme la grenouille dans son bocal : parfois haut, mais le plus souvent bien bas !

Le baromètre enregistreur, cadeau du syndicat des horlogers de Lyon à Marc avant notre départ, nous cause de belles frayeurs ! Tous les jours où nous serons totalement encalminés, à midi, l'aiguille descend en chute libre, pour remonter immédiatement. De quoi prendre des cheveux blancs, surtout lorsque le ciel et l'horizon sont parfaitement dégagés ! Nous apprendrons bien vite le phénomène des marées barométriques et aussi que les prévisions météorologiques n'ont pas tout à fait la même valeur ici, sous les alizés qu'en Europe. Et que dire des couchers de soleil en haubans, des levers de soleil blanc, des lunes cerclées ; j'ai passé des heures à chercher de quel côté le cercle était ouvert, puisque de ce côté doit venir la pluie !

Je ne mets pas en doute toutes ces constations ; il faut simplement ne pas oublier qu'elles ne sont pas valables dans toutes les parties du globe !

***

Jusqu'au 30 décembre, le vent est bien nord-est, mais très irrégulier. Nous sommes obligés de reprendre notre route en zig-zag, ce qui nous retarde. Nous profitons de ce calme imposé pour essayer de mettre à jour le travail scolaire de Laurent. Il est en retard, et le magnétophone étant hors d'usage, il ne peut profiter des cassettes de français et d'anglais que comportent les cours. Après tout, ce n'est pas si grave. Le principal est que nous soyons en vie et capables d'atteindre Fort-de-France.

Hier, nous avons eu de la compagnie. Et quelle compagnie ! Une baleine, un peu moins longue que *Diapason*, et qui d'après le livre de Cousteau que nous avons à bord, serait de la race dite « des solitaires ». Visiblement, elle a décidé de faire un bout de route avec nous. Ophélie n'en croit pas ses yeux et passe sa journée accrochée au filet de protection pour mieux suivre les évènements. Nous ne sommes pas rassurés : elle a l'air inoffensif mais nous savons très bien que si elle prend envie de faire un petit câlin à *Diapason*, il ne s'en remettra pas et nous non plus ! Nous avons réussi à pallier tant bien que mal l'absence de pilote, mais nous ne pourrons rien faire devant une avarie du gouvernail. Pour calmer notre angoisse, nous nous attachons à l'observer. Elle passe de babord à tribord plusieurs fois mais a toujours le bon goût de tourner loin à l'avant ou à l'arrière, jamais sous le bateau. Puis, le soir elle nous quitte comme elle était arrivée avec le jour.

A dix-sept heures, le 31 décembre, nous captons Radio-Antilles. Nous avons l'impression d'avoir accompli un grand bond en avant ! Ne connaissant pas la portée de l'émetteur, nous ne pouvons savoir si la faiblesse du son est due à l'éloignement ou à un mauvais réglage, ni vérifier ainsi notre point de tout à l'heure. Mais nous approchons, c'est indéniable. Malgré cela, la fin d'année est bien triste ! Nous revivons minute par minute notre réveillon de l'an passé. Nos meilleurs amis, Jean et Suzanne nous avaient invités avec la sœur de Marc et son mari pour que nous puissions terminer l'année ensemble. Nous savions que nous ne les reverrions pas d'au moins cinq ans mais nous ne pouvions imaginer que c'était pour la dernière fois. Après une courte nuit, nous avions pris la route pour souhaiter le Nouvel An à Hélène et Jean-Claude à Saint-Cyprien. Ils devaient repartir au printemps, mais il semble qu'Hélène ne puisse plus vivre ainsi en bateau. Nous avions décidé de descendre voir sur place ; et puis c'était l'hiver et ils devaient se sentir seuls dans cette marina. Si l'été on se précipite pour profiter de la plage et de leur bateau, en mauvaise saison, les courageux sont rares. Nous avions passé avec eux trois jours trop courts qui nous avaient donné un avant-goût de la vie que nous venions de choisir. Le menu extraordinaire que Suzanne avait élaboré ce soir-là nous revient en mémoire. Nous avons essayé nous aussi de soigner le repas et nous soupons le plus tard possible (cela raccourcira la nuit) et aux bougies, puisque tout est calme. Nous pleurons moins que le soir de Noël, et le film de l'année qui vient de s'écouler défile dans notre tête. Elle a été si fertile en évènements ! Si nous avions pu nous douter de ce qui nous attendait lorsque nous nous étions embrassés, l'année dernière à minuit, en nous souhaitant une bonne et heureuse année tous les trois !

Nous nous installons dans le cockpit, Laurent et moi sous un ciel vraiment splendide. Le bateau avance doucement, laissant derrière lui un sillage d'étincelles. Devant toute cette beauté, j'essaie de faire comprendre à Laurent qu'il ne faut pas désespérer de la vie. La mer, le vent, les étoiles, toute la nature semblent s'être concertés pour tenter d'apaiser notre chagrin. En face d'un tel spectacle, il devient difficile d'en vouloir à la Vie du mauvais tour qu'elle vient de nous jouer.

***

Au cours de la matinée du premier janvier, une grosse daurade vient mordre à notre ligne. En fait, elles sont deux, mais une seule a été prise, et l'autre nage à côté. Nous imaginons toute une histoire d'un couple de poissons dont l'un vient d'être ferré et que l'autre ne veut pas abandonner. Jamais nous n'aurons le courage de le tuer. Mais nous ne pouvons pas laisser passer une telle occasion de manger du poisson frais et nous choisissons la solution de remonter un peu la ligne pour que la daurade soit à moitié hors de l'eau et nous la laissons — en ayant honte de nous — s'asphyxier à la traine dans le sillage du bateau. Pour être bien sûrs qu'elle soit morte, nous ne la hissons à bord qu'au bout d'une demi-heure. Ophélie a suivi ces péripéties avec grand intérêt et se précipite dès que la daurade est sur le pont. Elle voudrait être la première à se servir, mais la peau est trop dure. Elle essaie alors de jouer, comme elle le faisait avec les souris ; hélas, les nageoires de la pauvre daurade refusent de remuer malgré ses coups de patte. Elle s'assied donc en retrait pour assister au découpage. Ce n'est ni facile, ni agréable. Nous allons faire des conserves. Une partie sera préparée à la tahitienne, marinée dans le citron vert. Le dépeçage, le nettoyage du pont plein de sang et la cuisine occupent notre après-midi toute entière. Ce souper de poisson cru est délicieux et aide à dissiper le malaise qui nous a étreints toute la journée : après l'accident survenu il y a trois semaines, cette mort d'un poisson nous a été pénible. Faut-il que nous soyons devenus fragiles !

Ce soir, le baromètre est anormalement bas. Le ciel est pourtant bien dégagé, mais de tous les points de l'horizon fusent des éclairs. Loin, très loin, à peine perceptibles, mais ils sont là. Que se prépare-t-il encore ? L'angoisse nous oppresse à nouveau et nous nous préparons à passer une nuit sur le qui-vive. Les orages sont la seule chose que je redoute vraiment. Même à terre, j'éprouve une peur panique des éclairs, à en perdre la voix. S'il en tombe un à proximité, il se produit un blanc au milieu de la phrase que je prononce, indépendamment de ma volonté, et je n'ai jamais réussi à me contrôler. Je n'aime pas ces phénomènes électriques sur lesquels je n'ai aucune prise. En dépit d'un temps splendide et d'une courbe barométrique tout à fait normale, je décide de redoubler la veille à cause de ces satanés éclairs. Dans mon affolement, j'en oublie la portée immense de la lumière en mer et ne réalise pas qu'il faudra encore un certain temps à ces orages pour nous atteindre. Qu'à cela ne tienne, j'enfile mon ciré.

Au matin, il ne s'est rien passé. Seul le vent a tourné plein ouest et nous avons l'impression de faire du surplace. Mais, le soir, le cercle des éclairs à l'horizon se ferme à nouveau autour de nous et cette fois le ciel se charge de nuages sombres. Cette nuit encore je garderai mon ciré, prête à tout. Mais à quoi, en réalité ? Je n'en sais rien et c'est ce qui m'angoisse tant dans l'orage : l'incertitude du point de chute de l'éclair. Cette attente fataliste m'est insupportable. Que ferons-nous si nous sommes frappés par la foudre ? Je commence à devenir très nerveuse.

***

Aucune amélioration ne s'est produite, au contraire. Le deux janvier au matin, nous nous réveillons sous un ciel plombé, tout gris. La mer est agitée. Nous naviguons depuis au milieu d'une zone très nuageuse, environnés d'orages et de grains violents qui passent sur nous à une vitesse folle. Entre chacun d'eux, la mer se calme ; puis à nouveau, nous la voyons blanchir au loin, couvrir d'un matelas d'écume ; un rideau de pluie semble relier le ciel et la surface de l'eau, et en quelques minutes, l'étrave de *Diapason* devient indiscernable. Le jour, les éclairs sont moins apparents, mais la nuit, le spectacle est grandiose et me terrifie. Nous n'avançons plus. Nous qui espérions être à Fort-de-France le dix janvier au plus tard ! Quelle déception ! Nous n'y comprenons plus rien. Je lis et relis les descriptions de dépressions de Stern-Veyrin à les savoir par cœur. Mais jamais le vent ne veut tourner au nord-ouest, annonçant ainsi la fin du mauvais temps. Depuis plusieurs jours, nous subissons sud-est, puis sud-ouest, puis ouest et cela s'arrête là. Avec notre pilote de fortune, notre avance se fait de plus en plus en dents de scie. Car, même en barrant toute la journée pour rectifier les écarts de la nuit, face à un vent plein ouest, nous ne pouvons faire des merveilles. Nous sommes de plus en plus découragés, et harassés. Je ne veux pas laisser Laurent barrer seul sous les orages, mais sachant ma peur panique des éclairs, il me rejoint dans le cockpit pour essayer de me réconforter. Résultat, nous passons nos journées dans le cockpit, Laurent ne me laissant que pour préparer les repas. La violence des grains nous oblige à hisser et affaler les voiles au moins dix fois par jour. Je n'en peux plus. Je ne dis rien à Laurent, mais, au fond de moi, je suis persuadée que nous n'arriverons jamais vivants.

***

Il y a un mois que Marc nous a quittés, nous laissant seuls. Et c'est notre quarantième jour de mer depuis notre départ des Canaries. Depuis une semaine, nous sommes soumis à ce curieux régime de mauvais temps que nous ne nous attendions pas à trouver sur notre route. Ma résistance nerveuse a atteint ses limites et le désespoir me gagne. Aujourd'hui je crie, je hurle plutôt, des invectives à la mer, au temps, au vent, au monde entier. Je pleure de rage devant notre manque de chance. Je suis grossière, car les mots n'ont pas assez de force pour exprimer tout ce que je ressens. Ce que je crie, Laurent n'aurait jamais dû l'entendre : que tout m'est égal à présent, que je préfère mourir et que j'aurais bien mieux fait de me jeter à l'eau avec Marc le soir du huit décembre. Ma détresse est telle que je ne me rends pas compte du mal que je suis en train de faire à mon fils. Il ne me répond pas. Si petit, il a compris que cela ne servirait à rien et que le mieux est de laisser passer cet orage d'un autre genre. Il m'embrasse et prend la barre car j'ai tout laissé aller. Puis il fixe notre « pilote » et descend préparer le repas. Devant son calme, ma colère tombe et j'ai honte de m'être conduite ainsi. Nous pleurons maintenant tous les deux. Mais que faut-il donc faire pour nous sortir de là ? Le point que nous venons de prendre est catastrophique : nous aurions reculé, pour revenir à celui d'il y a quatre jours. C'est impossible ! Ou il y a une erreur dans nos calculs — mais nous ne la trouvons pas — ou nous avons surestimé nos capacités et nous ne toucherons jamais terre. Alors, plutôt que de continuer à naviguer de la sorte, entre les mains d'un hasard aveugle qui peut à tout instant nous frapper de la foudre (c'est ma plus grande hantise) autant en finir tout de suite et stopper cette angoisse que je ne peux plus supporter. Je vais chercher dans la pharmacie les médicaments qui nous permettront de ne plus souffrir en attendant la fin : nous nous endormirons et nous laisserons partir à la dérive. Plus de chagrins, plus de soucis, de fatigue ni de crainte envers la vie qui nous attend à l'arrivée. C'est peut-être de la facilité, mais je n'ai plus le courage de lutter.

Pendant que je poursuis ce genre de réflexions tout en pleurant, assise dans le cockpit, Laurent cherchait des solutions dans nos livres de navigation. Et soudain il crie, d'une voix chargée d'espoir : « Maman ! Viens voir ! Chichester, dans *Défi aux Trois Caps* relate les exploits de différents navigateurs, et parmi ceux-ci celui de Ann Davidson qui a traversé en solitaire en soixante jours ; et

Bombard ! Tous les deux auraient été touchés par le « pot au noir » qui remonte parfois très haut. » Laurent m'a lu cela à haute voix et ses yeux me supplient de le croire. Le sort ne s'acharne pas sur nous, nous ne sommes pas les seuls à souffrir du manque d'alizés et à maudire ceux qui affirment qu'ils ne font jamais défaut sur cette route. Nous avions oublié les difficultés de Bombard dont nous possédons pourtant le livre, dédicacé, mais resté à Saint-Genis par je ne sais quel oubli. En relisant ensemble le récit de sa traversée que Chichester relate, un sentiment de confort nous envahit. Nous ne sommes pas si malheureux que cela sur *Diapason*. Et ces navigateurs sont unanimes : face à la mer, il ne faut être ni présomptueux ni orgueilleux, il ne faut pas baisser les bras, mais se battre, toujours se battre ; « être plus têtu qu'elle » dit Bombard. Alors, nous allons nous battre au lieu de nous lamenter. Puisque nous sommes pris dans le « pot au noir », profitons-en pour refaire le plein d'eau douce ; il n'en manque pas encore, mais mieux vaut être prévoyants. Les seaux pendus à la bôme se remplissent à une allure vertigineuse. Que cette eau est bonne ! Notre lait en poudre perd enfin ce petit arrière-goût dû à l'eau dessalée que nous avons embarquée aux Canaries. Je dois me secouer. Ce n'est pas vraiment le mauvais temps, rien n'est cassé à bord, nous pouvons avoir de l'eau et même faire le point entre les grains.

Une fois Laurent couché et endormi, je réfléchis à cette journée et suis émerveillée qu'il ait su trouver l'explication qui pouvait atteindre la partie de mon cerveau encore capable de raisonner et ceci juste au moment où j'allais accomplir l'irréparable. Pourra-t-il jamais oublier ce que je viens de lui faire vivre ? La vision de sa mère ayant abdiqué tout sens de ses responsabilités ne risque-t-elle pas de le traumatiser pour toujours ? Je ne sais plus. Je dois redoubler d'amour envers lui et ne plus me laisser aller à ces crises de nerfs — car c'en était une.

Je passe la nuit plongée dans les exploits des grands navigateurs qui sont pour une bonne part responsables de notre départ ! Je ne les avais pas bien lus. Au chaud, devant la cheminée, quel rapport pouvait-il y avoir avec la situation où je me trouve, semblable à celles qu'ils ont connues ?

C'est le comble ! A ne pas y croire ! Nous sommes totalement encalminés ! Mais à un point tel que nous ne faisons que quinze milles en vingt-quatre heures ! La mer est complètement plate et nous allons à reculons, comme les crabes ! L'étrave est tournée vers l'est, dans le vent, comme au mouillage, et seul le courant nous entraîne vers la Martinique, l'arrière en premier ! Mieux vaut en rire ! Il ne reste que six cents milles à parcourir et rester « plantés » ici, si près du but, est vexant. Mais le beau temps est revenu et les affreux nuages noirs chargés d'éclairs qui nous accompagnaient depuis une semaine ont disparu. Notre moral est revenu avec le soleil. Puisque rien ne bouge et qu'il est impossible de rester dans le cockpit, immobiles sous un soleil de plomb, nous jouons au scrabble dans le carré.

***

Cinq heures de moteur. En plein Atlantique cela ne sert à rien, mais nous donne l'illusion d'avancer un peu. Et nous avons remarqué que chaque fois que nous utilisons le *Perkins* quelques heures, nous retrouvons un peu de vent. Depuis ma grande crise de la semaine dernière, le moteur a tourné deux ou trois heures. Est-ce grâce à cela que nous nous sommes éloignés du « pot au noir » ? Je ne suis plus en état de le calculer et dois même nous surveiller pour que nous ne devenions pas superstitieux. Les alizés reviennent très faiblement, nous obligeant à être constamment sur le qui-vive à la barre, grand-voile et gênois tangonné, tout cela pour deux nœuds !

Laurent cuisine de plus en plus souvent. Depuis quelque temps, nous feuilletons les livres de cuisine avec beaucoup d'intérêt, rêvant de poulet rôti et de frites. Pourtant notre alimentation me parait équilibrée. Ayant embarqué quinze kilos de citrons verts, nous en mangeons un chacun quotidiennement. Nous avons encore des potirons, mais ils sont gros et je n'ai pas le courage de les accommoder. Nous alternons légumes en conserves et fruits au sirop. Les œufs sont conservés dans leur emballage et simplement retournés tous les huit jours pour éviter que le jaune ne se colle à la coquille. Nous n'avons pas de problèmes excepté qu'après un mois, le blanc se sépare difficilement du jaune et les recettes se trouvent ainsi limitées.

Je suis étonnée d'être restée aussi sereine hier, pendant cette grande accalmie mais je crois avoir atteint le maximum de tension nerveuse la semaine dernière. Maintenant, je ne me rebelle plus. Cela ne veut pas dire que je baisse les bras, mais j'ai enfin compris qu'il ne sert à rien de me mettre dans des états pareils : c'est un vrai gaspillage de forces et il ne m'en reste plus beaucoup en réserve. D'après nos calculs, nous ne sommes plus très loin de l'arrivée. De ce côté-là, je suis rassurée.

Puisque nous sommes encalminés, profitons-en pour faire tout ce qui nous est interdit par temps de roulis : une crème au chocolat par exemple ! Je vais finir par devenir optimiste !

La punition arrive comme un coup de bâton en retour : Laurent flanche à son tour. Ce doit être la réaction à ce que je lui ai fait subir pendant le « pot au noir », et je tente de lui remonter le moral du mieux que je peux.

Dans la nuit de vendredi à samedi, nous croisons

deux gros cargos. Ils sont assez loin mais cela suffit à nous réconforter.

A deux heures du matin une lumière blanche apparaît à l'horizon. Je la surveille tout en pétrissant le pain. Elle s'approche assez rapidement, droit sur nous. Nos feux sont allumés car nous avons encore croisé un cargo vers minuit. « Il » ne peut pas ne pas nous voir. Je vérifie avec le compas de relèvement : le voilier — car il s'agit d'un voilier — fait cap droit sur *Diapason*. Tout me fait si peur maintenant que je crains un instant que le skipper ne soit endormi à l'intérieur et ne s'aperçoive de rien. Je cherche à lancer le moteur pour faire face à toute éventualité mais le bouton mettant en route la ventilation ne répond pas. En une fraction de seconde, je suis totalement paniquée. J'imagine la collision inévitable, car le vent est fort. Je n'aurai pas le temps de virer de bord ! Mais mes craintes étaient vaines ! Le skipper était à la barre, tout heureux de dire « hello » à un être vivant en plein Atlantique. Nous lui répondons « bonjour ». Cet échange sera très rapide car nos deux allures sont soutenues. Pour nous aussi, c'est une fête et j'ai toutes les peines du monde à renvoyer Laurent sur sa couchette pour la fin de la nuit. Quant au bouton de ventilation, il se trouve contre une cloison, à cinq centimètres au-dessus du plancher, mais... au centre de gravité du bateau, place favorite d'Ophélie lorsque la mer est remuante, ce qui était le cas cette nuit. Et en se tournant et se retournant, elle l'avait tout simplement dévissé. Comment vais-je pouvoir vivre si je m'affole si facilement ?

***

A midi le 16 janvier, un cargo minéralier se détourne pour vérifier si nous n'avons besoin de rien. C'est le premier bateau que nous voyons de si près — mis à part le voilier anglais — et nous sommes de nouveau terrifiés. Mais le capitaine manœuvre parfaitement, restant à portée de voix sans nous déventer. Par gestes, nous répondons que tout va bien, mais nous sentons devant leur insistance qu'ils sont étonnés de ne pas voir d'homme à bord. Il s'éloigne enfin dans un grain, nous montrant le chemin de la Martinique. Lequel grain étant suffisamment abondant, nous sortons savons et shampooings, en faisant vite pour ne pas nous faire prendre et rester savonnés sans avoir pu nous rincer !

Au petit matin, le vent manque. Utilisant la méthode de Stern-Veyrin, Laurent siffle pour l'appeler. Et ça marche ! Mais nous commençons à être très fatigués. La confiance est revenue mais nos muscles nous trahissent. Nous ne pouvons pas toiler comme nous le voudrions. Je dois laisser un ris dans la grand-voile la nuit et je me méfie du génois. Hier soir, au coucher du soleil, je me reposais sur ma couchette avant la nuit, et Laurent était à la barre. Il sifflotait, tout allait bien. Il ne s'est pas retourné assez souvent et n'a pas vu venir derrière lui un grain violent. J'ai bondi pour affaler le génois, mais trop tard. Pendue à cette voile, soulevée du pont malgré l'aide de Laurent accouru à la rescousse, j'ai eu très peur et nous avons failli perdre notre génois. J'ai dû consoler mon fils qui pleurait et risquait de perdre confiance en lui-même. Depuis, nous sommes devenus prudents.

Le lendemain, nous sommes de nouveau encalminés ! A cent cinquante milles de l'arrivée ! Le temps a été brouillé toute la journée et nous n'avons pu faire ni point ni méridienne. Le vent est toujours aussi faible et ce soir, nous mettons un peu de moteur, ne serait-ce que pour notre moral. Nous avons tenu un compte exact des heures d'autonomie dont nous disposions et avions prévu de garder une quinzaine d'heures, soit environ soixante milles pour notre arrivée. Notre coque est couverte d'anatifes et notre allure au moteur n'est que de quatre nœuds contre sept normalement. Nous avons remonté le tout à bord pour la plus grande joie d'Ophélie. Tous les petits coquillages qui y sont collés sont encore en vie, mais elle ne les trouve pas comestibles.

***

Dans la nuit de vendredi à samedi, nous sommes doublés par deux cargos. A huit heures T.U. (il fait encore nuit) je distingue à l'horizon devant l'étrave une faible lueur qui se précise. Je grimpe quelques échelons du mât : il n'y a plus de doute. Je cours réveiller Laurent et le temps qu'il arrive sur le pont, le phare de la Caravelle se profile à tribord et peu après, l'éclat rouge de celui de la pointe Cabrit brille droit devant nous. Ça y est ! Nous pleurons de joie et d'énervement. Nous ne pensions arriver en vue de la terre que ce soir, mais cette nuit nous avons avançé mieux que prévu. Nous pouvons être fiers de nous. Nous nous laissons tirer par les phares et la terre apparait en même temps que le lever du jour. Devant nous la Martinique, et à babord, en retrait, les pitons de Sainte Lucie. Notre dernière aube en mer est splendide. Le ciel se teinte, comme au coucher, de rose, bleu et gris dans un dégradé de tons pastels comme nous n'en verrons plus à terre. Le moteur tourne, soutenu par la grand-voile. Bien que le vent soit portant, nous ne voulons plus faire d'efforts.

Et j'ai peur. Je vais devoir affronter de nouveau la civilisation et ses questions. Je voudrais ne pas quitter cet océan où, paradoxalement, je me sentais comme dans un cocon. Je vais devoir « raconter », souffrir encore. Comment allons-nous vivre ? Ici, matériellement, il n'y avait pas de problème et rétrospectivement, le « pot au noir » me semble moins terrible. Nous étions autonomes et vivions en circuit fermé. Je suis terrifiée à l'idée des contacts que nous devrons avoir avec ces gens que nous ne connaissons pas. Nous entrons dans le canal qui sépare les deux îles. Je jette un adieu désespéré à l'Atlantique qui garde mon mari. Pourrai-je jamais revenir sur les lieux où je l'ai laissé ?

Heureusement, ces pensées n'effleurent pas Laurent, tout à la joie de revoir de la verdure et des arbres. Ophélie est installée sur le roof et hume de toutes ses forces en direction de la terre. Sa truffe est en mouvement comme celle des lapins ! Nous sommes obligés de louvoyer parmi les filets de pêche qui encombrent le canal. Laurent est à l'avant et me guide. Nous avions totalement perdu l'habitude de surveiller ainsi notre route. La pointe de l'île est doublée et nous longeons la plage des Salines qui est exactement comme sur les cartes postales : sable blanc, eau turquoise et cocotiers. Et Marc qui ne les verra pas !

Les anses se suivent, plus belles les unes que les autres. Après le rocher du Diamant nous comptons : encore trois anses et nous passerons le cap Salomon. Nous scrutons chaque mouillage pour tenter d'apercevoir un bateau de connaissance. Seul le gros catamaran *Serendy* est au fond des Anses d'Arlet. Nous franchissons le cap et la baie de Fort-de-France s'étale devant nos yeux incrédules. Nous ne savons pas où nous diriger car il y a des groupes de mâts de chaque côté de la baie. Pour nous, qui n'avons vu âme qui vive depuis cinquante-trois jours, c'est l'affolement. Comment allons-nous ancrer au milieu de cette forêt de mâts ? Je ne l'ai jamais fait. J'étais toujours à la manœuvre de l'ancre, mais c'est Marc qui plaçait le bateau. Je ralentis l'allure du moteur. Pour un rien, je ferais demi-tour.

Laurent ne quitte pas les jumelles ; il vient de repérer *Zen* et *Antarès !* Un dernier grain traverse la baie : nous arriverons propres ! Nous avançons au pas au milieu des premiers voiliers. Une annexe arrive à notre rencontre : Florence, de *Zen,* tournait dans le mouillage à bord du dinghy. Ne voyant pas Marc sur le pont, elle retourne chercher son père. Gérard revient avec son équipier à notre rencontre et comprend à notre expression que quelque chose ne va pas. Ils montent en voltige à bord. Gérard me prend la barre des mains et Yves, l'équipier s'occupe de l'ancre. Je raconte en deux mots à Gérard et m'effondre en larmes dans le cockpit pendant que notre ancre croche le fond de la baie des Flamands. *Diapason* peut se reposer, il nous a menés à bon port. Il est dix-sept heures, le samedi 20 janvier 1979 : la traversée est terminée.

Enfin les Antilles

Nous sommes sur le pont, éberlués, regardant cette ville dont nous rêvions depuis bientôt deux mois.

Gérard nous emmène à bord de *Zen* pour prendre un café et nous réconforter. Leurs équipiers, embarqués à Puerto Rico et dont nous avions fait la connaissance avant de partir, sont encore à bord. Je suis assaillie de questions et je raconte ; oh ! pas tout, juste l'essentiel en quelques mots. Mais devant leur air stupéfait, je réalise soudain que nous venons de vivre une aventure peu banale. Il y a une quinzaine de personnes dans le carré, et toute cette agitation me pèse. Ophélie, restée seule à bord, me fournit un prétexte pour regagner *Diapason.* Tout le monde veut nous inviter, mais je préfère que nous dormions ce soir.

Gérard et Danièle se sont bien arrêtés au Cap Vert où ils ont passé quinze jours enchanteurs. Peut-être avons-nous eu de la chance en décidant de changer de cap le jour de l'accident et de ne pas faire voile sur Mindelo, car il y a eu une tempête et un autre bateau a connu un accident terrible : la femme est passée par-dessus bord. *Antarès* était également au Cap Vert. Pour le moment, Michèle et Georges sont à terre.

Nous regagnons *Diapason.* La rade bouge un peu, mais cela n'a plus rien à voir avec certains jours de la traversée, et, pour la première fois depuis longtemps, le revêtement anti-dérapant qui recouvre la table peut être ôté : plus besoin de retenir verres et bouteilles. Le bruit pourtant lointain des voitures passant en bord de mer nous saoule. Même la lumière des lampadaires nous incommode. Nous sommes devenus de vrais sauvages. Nous soupons tous les deux, mais la bouteille de champagne qui avait été embarquée pour fêter cette arrivée ne sera pas ouverte ce soir. Laurent est épuisé. Il retrouve sa cabine, et s'endort en rêvant à la journée de demain où il va pouvoir s'amuser avec ses copains retrouvés : il redeviendra enfin un enfant.

Il n'est que vingt heures. Nous ne sommes pas allés à terre, car de toute façon, lorsque nous sommes arrivés, la *clearance* était fermée. Nous accomplirons toutes ces formalités demain matin. Mais je dois commencer la lettre annonçant à nos familles que Marc n'est plus là. La plaie n'était pas refermée, loin de là ; mais j'étais comme anesthésiée. Elle va se réouvrir, et je souffrirai de nouveau. Je n'arrive pas à aligner plus de trois mots. Mieux vaut abandonner : je téléphonerai.

A ce moment, un coup est frappé contre la coque : c'est Michèle et Georges. Ils me serrent dans leurs bras sans un mot. Leur joie de nous retrouver vivants est visible. Ils rient, d'un rire nerveux, pour éviter de pleurer. Laurent se réveille : il les attendait depuis si longtemps ! Nous nous racontons nos traversées, comme à notre arrivée aux Canaries. Après une escale de huit jours à Mindelo où ils ont dû réparer une avarie à leur pilote (eux aussi !), ils ont également subi une semaine de « pot au noir », et une journée de dix-huit milles. Georges était ce jour-là si mécontent qu'il a refusé de sortir de sa couchette ! Ce n'était donc pas la malchance qui nous poursuivait, nous ne nous étions pas trompés dans nos calculs, tout le monde était logé à la même enseigne. Si nous avions pu le savoir en cours de route ! Nous nous apercevons que, comme nous, ils ont eu des problèmes, des angoisses, mais en prenaient mieux leur parti, n'ayant pas subi le choc qui nous avait frappés, et étant deux adultes à bord. A part la durée de notre traversée, nous ne nous en sommes pas si mal sortis que cela. Et c'est tout réconforté que Laurent retourne se coucher.

Alors seulement, à eux deux, pour la première et la dernière fois, je raconte l'accident de Marc, ce que nous avons vécu et ressenti. Ma gorge se noue au passage des mots, et certains ne sortent qu'avec difficulté. Il faut avoir déjà éprouvé cette solitude qui parfois vous étreint lorsque vous naviguez si loin de tout, avec des enfants à bord, sans équipiers, pour comprendre vraiment ce que nous avons pu vivre, Laurent et moi. Michèle et Georges ont des réactions extraordinaires ; ce n'est pas pour m'aider et me faire plaisir, mais parce qu'ils sont sincères. Pour eux, Marc a eu la plus belle mort souhaitable, et l'immersion de son corps a été un retour à la nature. C'est la plus belle preuve d'amour que je pouvais donner à Marc en le faisant moi-même. Georges affirme avec force que dans un cas semblable, il préférerait cent fois s'occuper lui-même de Michèle, plutôt que de voir son corps entre les mains d'étrangers. Mais Georges est un homme exceptionnel. Nous n'en reparlerons jamais plus. A une heure du matin, ils regagnent leur bord.

***

Nous devons aller à terre le lendemain. Ma première nuit au mouillage n'a pas été bonne et je n'ai pas pu dormir plus de deux heures. Or, il m'est arrivé de dormir cinq heures en traversée !

Quel accueil vais-je recevoir ? Je suis angoissée. Après tout, personne n'est obligé de me croire. Et je vais devoir raconter encore et encore cet accident, alors que je voudrais tant ne pas en parler. Georges vient nous chercher pour nous accompagner aux douches. Il préfère être avec nous, persuadé que depuis si longtemps, nous ne saurons plus traverser les rues ! Il n'a pas tort ! Nous posons les pieds à terre pour la première fois depuis cinquante-quatre jours. Aucune réaction ! Nous en sommes déçus. La douche est un vrai bonheur.

Laurent voudrait retourner sur *Antarès* pour jouer avec Sébastien et Lélia, mais c'est impossible. Il doit rester avec moi. C'est dimanche, il y a foule à la *clearance,* et au guichet, je dois dire à haute et intelligible voix que nous avons eu un décès à bord. Je me sens devenir une bête curieuse. Heureusement, le douanier a vite compris et nous fait immédiatement pénétrer, Laurent et moi à l'intérieur du bâtiment. Georges nous abandonne. Voici venu le moment des explications. Je raconte brièvement, mais arrivée au moment de l'immersion, ma voix se brise et j'éclate en sanglots. Je m'étais pourtant promis de ne pas pleurer. Le douanier n'insiste pas et ne met absolument pas mes paroles en doute. Notre pauvre mine, même si nous sommes très bronzés, plaide pour nous. Laurent est cramponné à ma main. Les démarches à accomplir seront nombreuses et il y a toute une hiérarchie à respecter : d'abord les services de l'immigration, puis la police judiciaire et enfin la justice. Mais tout se complique parce que c'est dimanche et que la personne de garde à l'immigration est introuvable. Comment pouvait-elle imaginer qu'on ferait appel à ses services un dimanche à onze heures, heure du punch ! Je me demande si nous allons passer la journée à l'attendre lorsque Monsieur Lebreton, le plus célèbre douanier des Antilles, décide de ne pas tenir compte de la hiérarchie : puisqu'il n'y a personne à l'immigration, nous irons directement à la police judiciaire. Geste humanitaire que la responsable du service immigration lui reprochera violemment le lendemain. Comment ? Il n'avait pas respecté l'ordre hiérarchique et administratif ? L'inspecteur principal de police de Fort-de-France vient nous chercher. Tout cela me paraît irréel.

Je suis dans les locaux de police en petite robe d'été verte (je n'avais que celle-là à bord), Laurent en short et en sandalettes et l'officier de police en jeans et chemisette. Parlons-nous bien d'un décès ? Je dépose la première. Laurent doit rester dans le couloir.

Il est si affolé à l'idée de se séparer de moi que l'inspecteur accepte de laisser la porte ouverte. Tous ces gens qui vivent sur une île ne connaissent rien à la navigation, et je dois expliquer chaque terme de bateau. J'ai encore beaucoup à apprendre ! Lorsque nous en avons terminé, Laurent n'est plus dans le couloir ! Un policier l'a emmené dans une autre pièce, à l'étage en dessous, pour le faire déposer à son tour. Je ne dois pas entrer et attends sur un banc. Mais lorsque j'entends poser à mon fils la question : « Qu'a fait ta maman du corps de ton père ? », je ne peux m'empêcher de faire irruption pour faire cesser cet interrogatoire. Mais l'inspecteur aussi a entendu et a été plus rapide que moi. Il estime être en possession de suffisamment d'éléments et nous libère. Il nous raccompagne jusqu'au ponton, après s'être assuré que nous n'étions pas seuls à Fort-de-France. Il est deux heures de l'après-midi, et nous sommes attendus à bord d'*Antarès* où Michèle nous a cuisiné de merveilleux beefsteacks-frites. Laurent est enfin libre pour jouer avec ses amis. Je me sens un peu perdue, ne sachant que faire de ce temps libre. J'essaie de me reposer, car demain, il faudra être à terre tôt, pour la fameuse immigration. La poste étant fermée, j'ai encore un jour de répit avant de téléphoner en France.

Sans m'en rendre compte, je me suis endormie dans le carré, épuisée par toutes ces démarches. Soudain, un choc terrible retentit dans ma tête, suivi d'une véritable douleur dans mon cerveau : je suis réveillée en sursaut par l'irruption de Georges, inquiet de mon absence et venu m'inviter à bord d'*Antarès*. Mais je dormais si bien et pour la première fois depuis l'accident de Marc, j'avais même réussi à tout oublier, que je ne sais absolument plus où je suis. Je dois vraiment paraître égarée car Georges me regarde un peu effrayé en s'excusant :

— Mais tu sais, j'avais frappé contre la coque. Je croyais que tu avais entendu.

Je lui réponds que je le suis, mais la reprise de contact avec la réalité est terrible. J'avais vraiment oublié le décès de Marc, le bateau, les Antilles et j'avais retrouvé mon sommeil « d'avant ». Tout est inversé dans ma vie et ce qui au départ était notre beau rêve est devenu triste réalité.

Ayant été prévenue hier par Yves Jonville, de la part de la douane, qu'une personne de l'immigration nous attendrait ce matin à huit heures à la *clearance,* bêtement j'y suis. C'était méconnaître l'heure antillaise ! A neuf heures et demie, le douanier qui doit nous accompagner arrive enfin. Nouvelle déposition, mais tout le monde est très correct, ne posant que les questions indispensables à l'enquête. Cette fois, personne ne propose de nous raccompagner au port, et nous revenons à pied, ce qui nous permet de mieux découvrir Fort-de-France ! Nous sommes encore attendus sur *Antarès* où, pendant huit jours, Michèle va nous prendre en pension complète.

Toute la journée, j'essaie, en vain, d'obtenir mon père au téléphone. Ma lettre, enfin terminée, est partie, mais je sais bien qu'il lui faudra huit jours pour atteindre Lyon. Mardi enfin, j'ai ma communication. Il m'a semblé que ce serait plus facile de lui annoncer la nouvelle, plutôt qu'à la fille ou à la sœur de Marc. Je peux à peine parler et sanglote dans la cabine, mais il a compris et n'est même pas étonné. Nous avions expédié une carte le jour de notre départ des Canaries, et bien que néophyte, toute notre famille avait trouvé notre traversée bien longue pour être normale. Ils croyaient même que nous avions tous disparu corps et biens. Il faut dire que la tragédie d'Alain Colas n'encourageait pas à l'optimisme : si un navigateur comme lui n'avait pas réussi, que supposer pour nous !

***

Ce matin, j'ai vu le Procureur de la République. Il va constituer un dossier. J'insiste sur le fait qu'il s'agit d'un décès à bord, et non d'une disparition : je devrais attendre trente ans pour que Marc soit reconnu décédé officiellement ! Heureusement, je suis au courant de cette différence. Mais, peut-être parce que je suis une femme, je ne parviens pas à faire admettre que mon livre de bord, puisque je suis capitaine, vaut acte d'état-civil et je me retrouve dans la situation suivante : Marc est mort, mais je ne peux pas obtenir de certificat de décès. Officiellement, il est donc vivant. Je ne suis pas chef de famille, avec tous les inconvénients que cela entraîne administrativement : pas d'assurances sociales, pas d'allocations familiales, etc. La vie ne va pas être facile. Pourtant, je suis sûre de l'existence de cet article du Code Maritime, mais je n'en ai pas les références. J'accepte donc la constitution d'un dossier qui sera envoyé au Palais de Lyon et là sera prise la décision d'un décès officiel avec certificat. Je n'ai pas la force de lutter davantage. Pour le moment, nous nous passerons d'assurances et essayerons de ne pas être malades. Tout se complique encore du fait que la mort est survenue dans les eaux internationales, mais j'ai réussi à éviter la disparition.

Je regagne le bord, plus épuisée que pendant les jours de « pot au noir ». Même la nuit ne m'apporte pas le repos. Je me réveille sans arrêt, me précipitant dans le cockpit pour vérifier le cap ! Je ne me faisais pas tant de soucis en mer !

***

Je suis heureuse de voir Laurent reprendre vie. Michèle s'en occupe comme de son propre fils. Les jours qui suivent, je suis libre et n'ai pas de rendez-vous avec les autorités. Georges décide donc de nous faire visiter la Martinique pour nous changer les idées. Mais pas en voiture, à pied ! Un de mes genoux n'est toujours pas guéri, mais cela ne m'empêchera pas de marcher. Dans le nord de l'île, entre Prêcheur et Grand-Rivière, un chemin balisé traverse la forêt. Il n'y a pas de route entre ces deux localités, chacune étant le terminus de la route côté est et ouest de l'île. Équipés d'un sac à dos et d'une tente légère, nous nous mettons en route le mercredi soir. Notre première nuit se passera au bord d'une plage à la sortie de Fort-de-France, sous les cocotiers.

Au petit matin, les pêcheurs viennent boire leur café autour de notre feu qui ne s'est pas éteint, et nous les aidons à ramener leurs filets. Les enfants sont enthousiasmés. Nous prenons un taxi collectif — transport en commun des Antilles — à Case-Pilote pour arriver plus vite au chemin balisé. En l'attendant, nous visitons le petit port et nous avons la surprise d'y voir *Kari*. Ce sont de joyeuses retrouvailles autour d'un ti-punch (mon premier !). Stéphanie a autant de retard au CNTE que Laurent ! Ils sont arrivés en Guadeloupe, étant remontés pour essayer de trouver les alizés. Repas, baignade, puis nous nous décidons enfin à prendre ce « taxi-co ». Le conducteur est incrédule :

— Vous allez coucher dans la forêt ? Avez-vous au moins une lampe ? Les zombies, ça existe !

Il y croit ; mais pas nous, et c'est le principal. La voiture nous hisse le plus haut possible compte tenu de l'état de la route et le chauffeur nous laisse après nous avoir prodigué ses dernières recommandations.

Sac au dos, c'est l'aventure ! A travers la forêt martiniquaise, nous allons de découverte en découverte. Grâce à son métier d'horticulteur, Georges connaît une grande variété de plantes et de fleurs. Nous nous émerveillons de voir pousser en liberté tout ce que nous avons tant de mal à obtenir en pot en métropole. Même les orchidées ! Les bambous sont immenses et feraient de beaux tangons. Les enfants jouent à Tarzan en se suspendant aux lianes. Vestiges d'anciennes cultures, les pamplemousses que nous découvrons ont bien meilleur goût que ceux auxquels nous sommes habitués. Le soir tombant très vite, nous décidons de suivre une petite rivière dont le cours doit forcément nous amener à la mer. Au crépuscule, nous débouchons sur une petite plage de sable fin, toujours bordée de cocotiers, et sur laquelle la mer, toujours turquoise, vient se briser en rouleaux. Nous plongeons dans cette eau tiède, non sans une pensée pour ceux qui se bousculent sur « la » plage prévue par « leur » voyage organisé. La tente est plantée sous les cocotiers, et les enfants partent à la recherche de bourre de coco pour allumer le feu. Ce soir au menu, il y a : lait de coco, fruits de l'arbre à pain, écrevisses — mais juste quelques-unes, car nous ne savons pas si la pêche est autorisée — pamplemousses. Pourquoi avoir emporté des conserves ? Il pleut avec violence toute la nuit, et nous espérons que Sylvie et Hervé de Pierre-Moine n'auront pas oublié de jeter un coup d'œil à nos pauvres bateaux abandonnés en baie des Flamands, et aussi à Ophélie.

Au matin, il bruine encore, mais les enfants réussissent à rallumer le feu. Nous levons le camp et reprenons le sentier en file indienne. Mon sac à dos commence à être très lourd et j'ai peur d'avoir surestimé mes forces. Mais je ne dis rien, malgré l'œil inquisiteur de Laurent qui a compris que je suis fatiguée et reste en arrière avec moi. Les rivières sont si jolies que nous ne résistons pas à l'envie de nous y baigner. On nous reprochera beaucoup notre imprudence mais comment est-il possible que ces eaux qui franchissent une forêt inhabitée soient polluées. Le soir, nous campons dans un champ, sous un oranger et au milieu des vaches ! Nous nous croirions revenus en Europe ! Grand-Rivière, dont nous avons aperçu les lumières au bord de l'océan n'est plus très loin. Demain, nous aurons retrouvé la civilisation. La forêt n'a déjà plus la même végétation. Le chemin descend au milieu d'une bananeraie. Quelle différence avec les bananes de nos commerces métropolitains ! Grand-Rivière est nichée au milieu de la verdure et des bougainvillées. Nous nous y promenons en attendant le « taxi-co » qui nous ramènera à Fort-de-France en longeant la côte atlantique, celle que nous tentions si désespérément d'apercevoir il y a huit jours seulement ! *Antarès* et *Diapason* nous attendent sagement au mouillage. Ophélie n'a pas apprécié notre abandon : elle a refusé de sortir du carré et même de manger. Mais elle n'est pas rancunière et s'étrangle de joie en ronronnant à notre vue.

***

Ce week-end, nous allons découvrir les anses d'Arlet, *Antarès,* parti de très bonne heure, nous y a précédés. Là, nous pourrons apprendre les manœuvres d'ancrage car il y a très peu de bateaux, surtout en semaine. Je suis à la barre et Laurent préposé à l'ancre. Je dois la mettre à poste pour lui, car il manque de force, mais c'est lui en principe qui décide de l'emplacement. Il refuse absolument de barrer au milieu du mouillage, par peur de heurter un autre bateau. Chaque fois que nous embarquerons quelqu'un, nous apprendrons un nouveau « truc », chacun ayant ses petites manies ! Grande-Anse est un des derniers villages de pêcheurs sur la côte caraïbe, toujours avec plage de sable et cocotiers. L'eau est transparente ce qui facilitera le nettoyage de la coque. *Diapason* en a vraiment besoin : il se traîne maintenant. Nous lions connaissance avec les autres voiliers et également avec les « bateaux » antillais, grâce aux Darrieus qui viennent de prendre contact avec nous, à la demande d'amis communs de Saint-Cyprien. Ti-punch et boudin créole n'ont bientôt plus de secret pour nous. Chacun s'ingénie à nous rendre service et à nous inviter à bord ou à terre.

Un mois déjà que nous sommes là ! Georges et Michèle ont prolongé leur séjour pour nous. Après nous avoir demandé si nous pouvons nous débrouiller sans eux, ils lèvent l'ancre car ils doivent arriver en Australie avant décembre. Nous sommes vraiment tristes. Il nous semble que Marc nous quitte à nouveau. Il nous reste *Zen, Kari* et tous les autres. Mais *Antarès !* Marc aimait beaucoup Georges et nous avions presque envisagé de les suivre en Australie. Seule, je ne m'en sens pas le courage. Ils disparaissent dans le soir, et notre rêve part avec eux. Nous restons en pleurs sur le pont, regardant les lumières d'*Antarès* qui s'éloignent dans la nuit.

Les Darrieus vont prendre le relais et se révéler, à l'instar d'*Antarès,* des amis exceptionnels. Leur fils cadet, Philippe, s'occupe de Laurent. Nous connaissons de plus en plus de monde et partons à plusieurs bateaux visiter la Dominique pendant les vacances scolaires de février. Tous les enfants sont une aubaine pour Laurent qui vit beaucoup trop avec moi et a besoin de compagnons de son âge. A Portsmouth, les capitaines des voiliers amis décident de s'occuper de *Diapason :* nettoyage de la coque, vérification du moteur, graissage, etc. Mon bateau doit soupirer d'aise. Depuis longtemps, il n'avait pas été le centre de tant d'attentions ! En mer, nous le surveillions bien, mais, une fois arrivés, notre attention s'est relâchée. Je sais évidemment vidanger et changer le filtre à huile, mais je ne le fais que contrainte et forcée ! Tandis que

« Baloo », le capitaine de *Nemo,* a l'air d'aimer cela, lui. Quelle chance !

Pour Pâques, nous visiterons Sainte-Lucie. Puis Sainte-Anne, au sud de la Martinique. Les Darrieus ont enfin acquis le *Zest* et nous naviguons tous bateaux confondus, ceux de la traversée et ceux de la Martinique. Cela fait un mélange un peu détonant car nous n'avons pas du tout les mêmes conceptions de la voile. Mais qu'importe ! Nous faisons tous le punch avec la même ardeur !

Nous passons le reste du temps principalement aux Anses d'Arlet, où il n'y a jamais plus de cinq bateaux. Un vrai paradis ! Un navire océanographique de la Marine Française, qui effectue le relevé des côtes martiniquaises, est venu mouiller près de nous. Les enfants, curieux, ont demandé à le visiter. La permission a tout de suite été accordée, ainsi qu'aux parents. A notre tour, nous invitons les officiers à bord, et le dimanche suivant, *Zen* et *Diapason* sont cordialement conviés à déjeuner à bord du d'*Entrecasteaux.* Nous revêtons nos plus belles tenues blanches — il faut perpétuer les traditions ! — et pénétrons un peu intimidés, malgré tout, dans le carré des officiers. Devant la porcelaine, les cristaux et surtout le menu très soigné, les enfants sont prêts à signer un engagement sur-le-champ dans la Marine ! Ils sont littéralement subjugués par le pilote de l'hélicoptère qui leur a expliqué le fonctionnement de son appareil et qui chaque matin, à leur plus grande joie, survole le mouillage au ras des mâts, à... six heures trente !

La semaine suivante, Laurent fait la connaissance, en amarrant l'annexe au ponton de la baie des Flamands, d'un couple de Canadiens, responsables des touristes à bord d'un de ces immenses paquebots qui « font » les Caraïbes en une semaine. Il les invite à visiter *Diapason,* et réaction attendue et prévue par mon fils(!), ils nous proposent de venir à notre tour à bord du *Britannis.* Ils nous en montrent tous les étages — huit ! — et nous terminons la soirée invités à dîner à bord, au milieu de huit cents personnes, attablées devant un repas typiquement américain, dans la grande salle à manger.

***

Depuis bientôt quatre mois, nous vivons au jour le jour, n'arrivant pas à y voir clair. Il faut pourtant que je prenne une décision concernant notre avenir. Dès notre arrivée, notre idée était de regagner Lyon pour retrouver notre maison. Michèle et Georges nous ont fortement conseillé de laisser passer quelques semaines, ne serait-ce que pour nous reprendre physiquement. Et aussi pour confier au temps le soin d'atténuer les réactions de notre entourage et de nos amis. Tous n'étaient pas partisans de notre départ, et leur attitude, en nous revoyant, risque d'être blessante. Or, ni Laurent, ni moi-même ne sommes en état d'affronter des remarques désobligeantes. Et puis, nous n'avons pas fait tout ce chemin pour repartir sans visiter les Antilles ! Ils avaient parfaitement raison. Nous avons abandonné d'ailleurs très vite l'idée de revenir tout de suite en métropole.

Ces quelques mois nous ont permis de reprendre des forces. Notre vie se déroule au ralenti, sans heurts ni grands problèmes, hormis ceux de la vie de tous les jours : hors-bord de l'annexe en panne, réservoirs d'eau à remplir sans apponter le bateau, car nous n'osons pas le faire seuls et je n'aime pas demander de l'aide, entretien de *Diapason* vraiment réduit au strict minimum.

Les Anses d'Arlet sont notre port d'attache. Être toujours au mouillage ne nous dérange pas, bien au contraire. Les habitants de ce petit hameau de pêcheurs — le village lui-même est situé plus loin sur la côte — sont charmants. Nous ne sommes ni clients de gros bateaux de charter ni riches Américains, simplement des gens comme eux. Nous sympathisons très vite. L'anniversaire de chaque enfant — qu'il vive à terre ou à bord — est le prétexte d'une fête. Une doudou grand-mère nous apprend à confectionner des friandises à base de noix de coco, à cueillir les fruits des tamarins qui bordent la plage pour en extraire des jus de fruits délicieux et bon marché ! Souvent, le soir, les femmes des pêcheurs alignent tables et bancs devant leur maison et nous invitent à partager soupe *z'habitants*, crabes farcis, *matatou-crabe, blaff*. Nous apportons pizzas, quiches et tartes. Nous nous essayons à laver notre linge comme elles. Malgré les grains violents et diluviens qui s'abattent régulièrement sur l'île, il faut ménager l'eau dans cette partie de la Martinique : la pluie tombe en abondance, mais elle ruisselle en surface au lieu de s'infiltrer. Donc, on étend le linge, tôt le matin, sur des pierres, au soleil, après l'avoir mouillé et savonné, puis on vient l'humecter au fur et à mesure qu'il sèche. Au milieu de la journée, il est propre et presque complètement rincé. On recommence l'opération avec de l'Eau de Javel pour le blanchir davantage et faire disparaître les taches rebelles, et il ne faut plus qu'un léger rinçage pour que la lessive soit terminée. Cette façon de laver économise l'eau et laisse du temps libre pour d'autres occupations. Les femmes du nord de l'île ne connaissent pas ces problèmes et peuvent laver à l'eau courante de la rivière.

Nous nageons beaucoup : l'eau est si chaude et les fonds si beaux près des rochers ! Je cuisine un peu. Les matinées sont réservées à l'école. Les journées s'écoulent vite, interrompues par les *ti-punch* à bord de l'un ou de l'autre bateau. Je dors très mal la nuit, mais je sommeille souvent une à deux heures dans la journée. Je lis beaucoup, mais paradoxalement aucun des livres que j'avais emportés et déjà tous lus et relus plusieurs fois et dont j'étais sûre de ne pas me lasser. C'est pour cette raison qu'ils étaient à bord. Or, je suis incapable d'en ouvrir un. J'emprunte les autres aux bateaux amis ou à la bibliothèque de Fort-de-France, mais je ne fais que les parcourir : mon esprit ne s'accroche pas à l'histoire et ne retient rien.

J'écris beaucoup, car le lien avec notre famille et nos amis est très important pour nous. Ils nous répondent fidèlement et avouent n'avoir jamais tant correspondu de leur vie. Ce courrier me tient d'autant plus à cœur que nous en avons été privés les premières semaines de notre séjour. En effet, un beau paquet de lettres s'était accumulé à la poste restante pendant notre traversée. Mais, elles étaient libellées au nom de Monsieur et Madame, et dans ce cas, le règlement oblige les deux personnes ainsi désignées à être présentes pour recevoir le courrier, carte d'identité en main. Jamais je n'ai pu fléchir l'administration et malgré le récit de nos malheurs, le préposé a refusé de se laisser attendrir. C'est les larmes aux yeux que j'ai vu repartir tout ce courrier qui nous aurait apporté un peu de cet amour dont nous avions tant besoin. Je ne pardonnerai jamais à ces postiers stupides. La seule possibilité d'obtenir ces lettres aurait été de posséder un certificat de décès que personne ne voulait me délivrer. C'était la quadrature du cercle. Et ce sont toutes ces tracasseries administratives qui me faisaient préférer le mouillage des Anses d'Arlet à la vie dite civilisée.

Nous utilisons également les cassettes, habitude prise depuis l'Espagne car Marc n'aimant pas écrire, je n'appréciais pas toujours d'assurer seule tout le courrier. Et nous trouvions les cassettes beaucoup plus vivantes que les lettres. Mais nous ne sommes pas payés de retour, car nos correspondants ont moins peur de la page blanche que du micro du magnétophone ! Je suis souvent à l'écoute de la radio, principalement la nuit. Depuis l'accident je ne peux plus me passer de bruit de fond si je suis seule à bord. Mon esprit est ainsi occupé. Aux Anses d'Arlet, je ne suis pas heureuse, comment cela serait-il possible ? — mais je réussis à vivre.

Pas une seconde de la journée ne peut être comparée à ce que nous vivions autrefois, et c'est sans doute pour cela que ma mémoire me laisse en paix. Je ne pense pas au passé, je vis l'instant présent. Laurent aussi. Nous devons être prudents, nous méfier de nos réactions, mais nos amis nous aident de leur mieux, nous emmenant avec eux pour plonger, pêcher, profiter de ce qu'offre cette région. Mais nous sommes fragiles, en particulier lorsque nous devons naviguer, ne serait-ce que pour revenir des Anses à la baie de Fort-de-France, soit à peine une heure de voile. A la moindre difficulté — un grain violent, une voile à affaler à toute vitesse — fatigue et nervosité refont surface. L'angoisse renaît comme si notre vie de cette navigation dépendait. En dépit de tous nos efforts, chaque fois que nous hissons les voiles, nous sommes tendus. Et souvent, pour cette raison, nous naviguons au moteur.

Pâques est derrière nous, et chacun a choisi le chemin qu'il va suivre ; car les décisions doivent être prises avant l'arrivée de la période des cyclones. Nous allons nous éparpiller. Nous reverrons-nous un jour, malgré nos promesses et les adresses échangées ? Quant à nous, il est évident que nous devons retourner en Europe, ne serait-ce que pour régler les problèmes créés par le décès en mer de Marc : l'administration a déjà réussi à perdre une partie du dossier si bien constitué par le procureur de Fort-de-France. Et notre famille ne comprend pas très bien pourquoi nous tardons tant à rentrer. Il faudra bien prendre une décision pour la maison de Saint-Genis. Plus le temps passe et plus ma peur grandit, identique à celle qui m'avait submergée — après la joie — lorsque nous avions distingué à l'horizon les feux de la Martinique, le 20 janvier : voir tout ce monde, raconter encore, faire mourir Marc encore une fois. Nous étions si bien ici.

Vivre sans Marc

Mais nous sommes maintenant fin mai, et il est temps de sortir du cocon que devient pour nous *Diapason*. Pour cela, il faut le vendre. Nous avons besoin d'argent, et nous ne pouvons pas le laisser seul ici, car la période des cyclones approche. L'entretien d'un bateau est une lourde charge pour une femme seule. Je ne veux pas toujours quémander de l'aide pour les manœuvres. Mais nous avons le cœur gros. *Diapason* est un bon bateau, et surtout, il est devenu « mon bateau ». Je connaissais les récits où le capitaine fait réellement corps avec son navire. J'y croyais, bien sûr, sans en être vraiment convaincue. Marc était toujours sur le qui-vive, surveillant tout, se réveillant la nuit pour presque rien ; je n'étais pas loin de trouver qu'il en faisait trop ! Le jour où je suis devenue responsable et capitaine de *Diapason,* j'ai adopté la même attitude. Et moi aussi, j'ai été réveillée par un simple changement de brise dans les voiles, ou une légère différence dans le bruissement de l'eau contre la coque. Je n'en revenais pas ! J'ai souvent crié, hurlé, tempêté, injurié le ciel, la mer, le vent, mais jamais, jamais notre bateau. Notre confiance en lui était totale et nous nous sommes toujours sentis en sécurité à son bord. La lutte va être serrée, il y a tant de bateaux à vendre ! Ce sera un arrachement, car nous l'avions construit de nos mains et il a été la dernière demeure de Marc qui n'en finit plus de nous quitter. Et pourtant, nous n'avons pas d'autre solution.

Nous pourrions faire du charter. Mais qu'ai-je observé depuis notre arrivée ici ?

Pour la majorité des équipages composés uniquement de la cellule familiale et qui ont traversé l'Atlantique, le bateau est avant tout un moyen privilégié de locomotion. L'amour de la mer n'a pas toujours été l'élément déterminant du choix de ce mode de vie. Et même si tout se passe bien, naviguer requiert une grande maîtrise de soi et un bon équilibre. Il est préférable de ne pas avoir de problèmes personnels ou de couple au départ, car la mer en a suffisamment à proposer sans y ajouter les siens propres. Or, depuis notre arrivée, je suis effrayée par le nombre de couples prêts à se séparer dès l'ancre jetée dans les Caraïbes. Les premiers cas critiques se situent déjà aux Canaries. Peut-être suis-je plus sensibilisée que d'autres à ce phénomène parce que je viens de perdre mon mari, mais *Antarès* en avait également fait la remarque. Ce n'est certes pas drôle d'être ainsi, à chaque instant, les uns sur les autres. La mer est un puissant révélateur des caractères, des qualités mais aussi des défauts. Si la traversée en famille n'est qu'une halte, une coupure dans la vie de tous les jours, de grandes vacances en somme, si, à l'arrivée, après une petite visite des îles, on reprend l'avion, les problèmes se résolvent d'eux-mêmes. Mais si on avait choisi de tout quitter, alors quel déphasage ! Et on se retrouve pris dans l'ambiance folle de l'arrivée, les soirées-copains, les récits divers, les *ti-punch* et aussi l'euphorie et l'illusion que représente la vie de ce côté-ci de l'Atlantique. Très peu ont assuré leurs arrières sur le plan financier. Si le capitaine a un métier aisé à exercer de par le monde — donc un métier que l'on ne trouve pas dans ces îles et qui y serait nécessaire — le problème est résolu, encore que l'éventail de ces professions se rétrécisse de jour en jour. Mais si rien n'a été prévu, ce qui est la majorité des cas, on fera du charter ! Le charter, nous n'y croyions pas, ni Marc, ni moi. Avant notre départ, lors des discussions dans les soirées constructeurs-amateurs, nous étions en désaccord avec ceux qui se voyaient déjà à la tête d'une agence de location, et cela à peine arrivés en Méditerranée. Le charter est une profession organisée, et de plus, aux Caraïbes, américanisée. L'offre est telle que pour réussir, on ne peut improviser : il s'agit d'un vrai métier. Le recrutement d'une clientèle ne peut se faire avec un bateau où vit toute la famille, sans oublier le chat ou le chien. Bien sûr, on finit toujours par trouver des clients qui permettront de « tenir » quelque temps. Mais la vie à bord devient vite impossible, surtout pour la femme qui se retrouve coincée entre les clients, les enfants, la cuisine, les courses, et la corvée d'eau, autrement dit, la civilisation avec le confort en moins. Ah ! le mouillage est féerique, mais le prix de cette beauté est trop élevé. En fait, ou le charter est organisé (mais alors pourquoi avoir laissé son travail en métropole pour recommencer ici ?) ou bien il tourne à la catastrophe. Nous n'en voulions donc pas.

Nous sommes partis à la recherche d'une vie plus libre, dégagée des contraintes de la société, mais bien peu sont capables de s'y adapter. Les entraves n'ont pas disparu même si elles sont différentes : argent, scolarité des enfants, vie à deux en permanence. Certains sont complètement déséquilibrés par ce changement et l'éternelle question :

— Que faites-vous maintenant ? — c'est-à-dire allez-vous plus loin ? attire l'invariable réponse :

— Nous ne savons pas, sur un ton souvent désabusé. Nous sommes partis pour ne plus avoir d'horaires ni de programmes établis par avance, mais qu'il est difficile d'être entièrement maître de sa vie. Cette traversée aura connu de nombreux découragements. Les alizés n'étaient pas au rendez-vous, rendant les navigations plus longues que prévues (le journal local précisait fin janvier que jamais il n'y avait eu aussi peu de vent). Quelques-uns ont continué, dont *Antarès* qui avait le projet le mieux organisé — emploi du temps et finances. La majorité rentre en métropole, soit en voilier, soit femmes et enfants en avion, le capitaine convoyant le bateau. Les autres restent là, à la recherche d'un hypothétique travail, vivotant au jour le jour, jusqu'à la mise en vente du bateau.

***

Nous avons tâté quand même du charter. Et encore, pouvait-on appeler cela du charter ?

Un long week-end se présentant pour les malheureux qui travaillent à terre, nous décidons de le passer à plusieurs bateaux à Sainte-Lucie, l'île voisine. Nos amis Darrieus nous demandent si nous accepterions — moyennant finances — de prendre à notre bord un couple de leur connaissance, fraîchement muté aux Antilles. Nous seuls avons assez de place. Pour quelques jours, il n'est pas question de refuser : nous n'apprécions pas particulièrement de naviguer seuls car je suis toujours aussi nerveuse et Laurent en souffre, et cette rentrée d'argent n'est pas à négliger.

Nemo, Zest et *Diapason* lèvent l'ancre le jeudi soir à vingt-trois heures trente car le lendemain est un vendredi 13, et il est hors de question d'appareiller un tel jour. N'ayant jamais été à Sainte-Lucie, je préfère suivre *Zest :* je n'aurai qu'à me laisser tirer par ses feux. Nous avons choisi de naviguer de nuit pour arriver au petit matin et bénéficier d'un jour supplémentaire.

J.P., notre équipier, a précisé avant notre départ :

— Tu sais (le tutoiement est de rigueur en bateau, bien que je me plie avec difficulté à cette habitude), tu sais, j'adore barrer. D'ailleurs, nous venons de Normandie et connaissons bien la mer. Alors, ne te fais pas de souci ; tu pourras te reposer et dormir toute la nuit. Cela te changera de ce que tu viens de vivre.

Dans l'euphorie du repas et du punch, je l'ai cru ! Nous quittons l'Anse Mitan, précédés par *Zest,* et *Nemo* ferme la marche. Jusqu'au cap Salomon, le vent n'est pas très fort. Mais Jean-Paul Darrieus, sur *Zest,* connaît tous les recoins de cette côte et les endroits à éviter pour ne pas se faire déventer. Je l'aurais suivi, mais je ne suis pas à la barre, et apparemment je ne suis même plus le capitaine (une faible femme qui n'est arrivée là que par accident) ; donc nous sommes déventés, tirons des bords et franchissons enfin le cap alors que *Zest* caracole loin devant notre étrave. Il est environ une heure du matin lorsque nous abordons le canal de Sainte-Lucie. Ces canaux qui séparent les îles des Caraïbes ont mauvaise réputation : la mer, agitée par des courants contraires, y est presque toujours houleuse. Cela peut être, à l'opposé, le calme plat (quoique rarement !) mais ce n'est jamais une mer agréable à naviguer.

Très rapidement, *Diapason* tape violemment à la vague. Je suis dans le cockpit, mais je n'ai rien dit et contemple les étoiles. Laurent, réveillé en sursaut et presque jeté hors de sa couchette par ces chocs répétés et inhabituels, surgit dans le cockpit, la bouche ouverte pour me demander par quelle aberration je prends les vagues de face et secoue tout à l'intérieur. M., la femme de J.P. en a déjà le mal de mer ! Mais, surprise : ce n'est pas moi qui barre. Laurent rebrousse chemin en maugréant (en créole !) des paroles que je devine peu aimables à l'intention de notre skipper. Lequel commence d'ailleurs à remarquer « qu'avec une nuit si noire (il y a pleine lune !), il lui est impossible de voir arriver les vagues », que de toute façon, lui non plus (peut-être est-ce le repas, ces plats créoles sont si lourds à digérer) ne se sent pas très bien et va s'allonger puisque je suis debout, mais juste quelques minutes dans le cockpit, et, « oh, non, pas à l'intérieur, cela secoue trop, merci de m'apporter une couverture car j'ai froid ».

Je descends lui chercher sa couverture, et il s'endort ainsi, pour se réveiller cinq heures plus tard, en vue de Sainte-Lucie, à peine étonné qu'il fasse déjà jour. A l'intérieur, tout s'est calmé et Laurent et M. dorment, car je sais quand même mener mon bateau. J'ai donc passé la nuit à la barre, pestant contre ce bonhomme macho qui se croit le plus fort. Si j'avais été prévenue, j'aurais fait provision d'un peu plus de sommeil le jour précédent pour ne pas être épuisée à mon tour. Je le constate encore une fois : depuis que la traversée est terminée, je me fatigue vite. Et j'ai aussi maudit *Zest* qui, peu de temps après que j'aie repris la barre, a éteint ses feux de navigation, m'obligeant à barrer au compas !

J.P. émerge tout frais de sa couverture, et me suggère :

— Je vais te relayer, va te reposer.

Bien sûr, nous approchons de la passe de Marigot-Bay, et il est plus flatteur d'arriver à la barre que dans sa couchette. Je le laisse faire : je tiens compte du chèque de participation, auquel je vais penser souvent ces quatre jours mais surveille la manœuvre. *Zest* jette l'ancre, *Nemo* aussi, et nous nous cherchons toujours notre place. Laurent bout, intérieurement, car je lui ai fait signe de ne pas s'en mêler. Ce monsieur n'accepterait jamais qu'un enfant en sache plus que lui. Les distractions sont rares un samedi de Pâques au mouillage, mais grâce à nous, tout le monde sera réveillé dans la bonne humeur. Car nous devons être drôles.

Cela ne s'improvise pas d'ancrer un bateau, mais comment le faire comprendre à J.P. ? Quand l'ancre dérape pour la quatrième fois et que nous nous efforçons avec Laurent d'éviter à *Diapason* le choc contre une grosse vedette américaine dont l'équipage nous traite de fort jolis noms d'oiseaux, Jean-Paul s'en mêle et demande à J.P. de me laisser la barre. Nous ancrons avec Laurent, sans un mot. Nous n'avons pas aimé les cris qui ont accompagné les tentatives malheureuses de J.P. Les meilleures manœuvres s'effectuent en silence. Nous nous retrouvons tous autour d'un café bien mérité sur *Nemo*.

Anecdote : la *clearance* doit se faire à Castries, le poste de douane de Marigot étant fermé aujourd'hui. Une jeep des douanes va nous y conduire ; ce sera une occasion de visiter l'île. Mais à peine avons-nous le temps de nous demander comment nous allons tous rentrer dans la jeep, que le douanier précise :

— Les capitaines seulement.

Après avoir fait toilette et revêtu une tenue décente et compatible avec notre grade, Jean-Paul, Baloo et moi nous présentons au ponton. Avant que je puisse mettre pied à terre, le douanier pointe sur moi un index méprisant. Je sais, je suis encore en maillot de bain, mais j'attends d'être à terre pour enfiler ma robe, un chavirage de l'annexe n'étant jamais exclu. Je le lui explique — heureusement je parle anglais — mais il ne s'agit pas de cela. Il aboie à nouveau :

— J'ai dit les capitaines seulement.

Et je dois raconter toute mon histoire, confirmée par Jean-Paul et Baloo pour obtenir le droit de m'asseoir dans la jeep.

Nous quittons Marigot dans l'après-midi, en direction des Deux Pitons. Nous nous amusons à régater avec *Nemo*, *Zest* étant trop léger donc trop rapide pour nous. Enfin, J.P. s'amuse, ce serait plus exact. Nous, un peu moins, car il se rapproche de plus en plus de la côte, très rocheuse à cet endroit de l'île, et rit des craintes de Laurent. Il ne se rend pas compte que *Diapason* est notre maison et que si nous avions un accident, nous perdrions tout. Comment peut-il le comprendre, lui qui va rentrer demain et regagner son lit et sa villa à terre ? J'en suis à me demander si nous ne sommes pas devenus vraiment peureux et même associaux, lorsque Baloo en personne lui fait signe de ne pas raser les cailloux de si près. Je lis la jubilation dans les yeux de mon fils, mais aussi le soulagement, car nous avions très peur.

Nous passons deux jours très agréables dans ce mouillage. Baloo organise une soirée-barbecue sur la plage — nous sommes six bateaux dans l'anse — et tous les adultes se laissent entraîner dans la grande ronde des enfants pour chanter et mimer « savez-vous planter les choux » ! Seul J.P. boude dans un coin sous un prétexte plutôt futile, une histoire d'annexe que les enfants auraient refusé de lui amener quand il la leur demandait. C'est un peu un enfant gâté, cet homme-là ! Heureusement, sa femme est charmante et fait merveilleusement la cuisine !

Nous quittons les lieux le lundi matin, plus tôt que prévu, car dimanche soir sont arrivés deux voiliers, couverts de cendres : ils étaient mouillés à Saint-Vincent, l'île voisine, où la Soufrière vient de se réveiller. Nous avions en effet remarqué la veille, dans le ciel tout bleu, de drôles de nuages gris qui ne ressemblaient à rien de connu. Certains avaient déjà pensé au volcan voisin. Devions-nous rester ? Partir immédiatement ? Nous avions opté pour la première solution, nous sentant protégés par le canal qui nous séparait de Saint-Vincent.

Nemo et *Zest* lèvent l'ancre les premiers. J.P. va barrer. Il fait jour, je peux encore lui faire confiance (et je pense au chèque !). Il a amarré lui-même le zodiac sur le roof, mais si mal que je crains que les secousses dans le canal ne le fasse basculer. Il est sûr de lui. Nous ne suivons évidemment pas la route des autres. Ce serait trop simple. Elle est pourtant la meilleure, bien qu'elle soit la plus longue, car elle évite la plus grande partie du canal et remonte de la pointe Carbit, en Martinique, avec du vent portant. Nous aurions aimé faire à nouveau ce trajet et revoir ce phare qui symbolise pour nous la fin de notre traversée. Mais non. Nous allons tirer directement un bord sur Fort-de-France. C'est à vol d'oiseau le chemin le plus court, mais avec vent debout et clapot ! Nous ferons du près, qu'à cela ne tienne. Je n'ai pas voix au chapitre et n'ose pas m'imposer, ce qui sera un tort.

Peu après notre départ, comme prévu, l'annexe manifeste un net désir d'indépendance. Un des bouts qui l'amarrait s'est défait. Le bateau bouge beaucoup, et nous devons, Laurent et moi, aller réparer les dégâts, car J.P. n'envisage pas un seul instant de laisser la barre pour le faire lui-même. Quant à M., elle est adorable, mais souffre à nouveau du mal de mer, au fond de sa couchette.

La barre devient dure, de plus en plus dure. Baloo, qui a encore mis à profit ces deux jours pour revoir gréements et moteur de *Diapason,* a remarqué que le câble de direction présente des « gendarmes » (se dit des aspérités d'un câble qui va se rompre). Comme il n'était pas possible de le changer à Sainte-Lucie, nous devons attendre Fort-de-France pour réparer. Mais, d'après lui, il tiendra et de toute façon, nous avons la barre franche en secours. Tout à coup, J.P. jure violemment en levant les bras au ciel : la barre ne répond plus. « Il en a assez d'un tel bateau et préfère aller se coucher. »

Il nous plante là pour filer dans le carré, joignant le geste à la parole. Laurent n'en revient pas. Au bruit qu'a fait le câble en cassant, nous avions compris. Nous branchons la barre franche et nous retrouvons tous les deux dans le cockpit, comme au bon vieux temps, médusés par l'attitude et l'inconscience de J.P. Le pilote automatique n'est toujours pas réparé, et étant donné la route que nous suivons, nous bénéficions d'une mer très creusée où il n'est pas agréable de barrer. Nous imaginons *Zest* et *Nemo* qui doivent se donner du bon temps en remontant la Martinique au portant. Nous nous relayons à la barre, puis Laurent réussit à la fixer à l'aide de sandows (encore !), de sorte que nous n'avons plus qu'à surveiller et à rectifier le cap de temps en temps.

En vue des Anses d'Arlet, nous distinguons *Zest* et *Nemo* qui franchissent la passe. La nuit va tomber — et elle tombe d'un coup sous ces latitudes. J'aurais préféré un atterrissage de jour car il y a de nombreux voiliers au mouillage et bien sûr, aucun feu. Heureusement, nous connaissons bien cette anse, qui est notre lieu de mouillage préféré depuis notre arrivée aux Antilles.

Tout à coup, J.P. surgit du carré. Il a bien dormi, s'étire et considère le jour qui descend :

— Quelle barbe ! Nous allons arriver de nuit.

Et à qui la faute ? Il prend d'autorité la barre des mains de Laurent et détache les sandows. Laurent explose :

— Mais enfin ! Cela nous évitait de barrer, car c'est vraiment dur dans ce clapot.

— Évidemment, pour un enfant, mais maintenant je suis là et n'ai pas besoin de ce système.

Il a beau « être là », la barre n'en mollit pas pour autant. Alors il grommèle et recommence à se plaindre. Cet homme n'est jamais content.

La nuit est tombée, et nous arrivons enfin au cap Salomon, devant l'anse où on devine beaucoup de bateaux.

Panique du skipper, qui lâche encore une fois la barre, lève encore les bras au ciel :

— Ça non ! Je ne rentre pas dans ce mouillage de nuit. Après tout, je ne suis pas le capitaine.

Ah ! la belle phrase ! L'homme est là lorsque tout va

bien, mais au moindre problème, pfuit... plus personne. Quel mufle ! A nous, l'enfant et la faible femme, de nous débrouiller pour ancrer de nuit, au milieu de tous ces voiliers, alors que si nous avions suivi *Zest* nous serions arrivés de jour, après une navigation agréable, et peut-être bien sans problème de barre, car elle n'aurait pas forcé autant. J'appelle Laurent pour m'aider, ne pouvant pas me permettre de filer dans ma couchette sous prétexte qu'il fait nuit. Guidés par *Zest* et *Nemo* qui ont allumé leur projecteur de pont — imités par d'autres bateaux qui nous ont reconnus — nous jetons enfin l'ancre. M. et J.P., qui avaient disparu de notre vue, ont déjà préparé leurs sacs et sans aucune excuse, mais un bref « au revoir et merci » (quand même !) sautent dans le dinghy de Baloo qui venait aux nouvelles. Je suis tellement en colère que je refuse de venir boire avec eux le punch de l'adieu sur *Zest*. Je ne veux plus les voir... pour ce soir. Ce fut notre unique expérience. Nous n'avons plus voulu entendre parler de charter !

Je préfère me tourner du côté de l'enseignement. Par l'intermédiaire des Darrieus, nous avons fait la connaissance de M. Métairy, directeur du *Latitude*. Il nous a invités à son hôtel, où il reçoit souvent les familles et amis des skippers dont les grandes courses croisent dans les Caraïbes. Il a promis de m'aider et me conseillera pour effectuer les démarches nécessaires, ne ménageant ni sa peine ni son temps.

***

Nous pourrions continuer à mener cette vie de bateau. Mais, si nous l'avions choisie avec Marc, je ne me sens pas le courage de la continuer seule. Elle suppose une énergie qui me fait défaut. Les problèmes que nous allons devoir affronter maintenant me semblent plus insurmontables que ceux de la traversée.

En revanche, ici, notre réadaptation à la vie sera peut-être plus aisée. La vie est si différente que nous ne sommes pas amenés à comparer, et les souvenirs peuvent rester enfouis dans notre mémoire, attendant pour revenir à la surface que nous soyons assez forts pour les supporter. A bord des bateaux que nous avions connus de l'autre côté de l'Atlantique, nous n'entendrons jamais les mots « tu te souviens ? », comme si notre vie commençait de ce côté de la mer. Au contraire, tous s'ingénient à nous faire oublier — non pas Marc — mais ce que nous avons vécu en mer. Tous, à mesure que nous les retrouvons, *Juan, Marco Polo, Adagio, Marie-Charlotte* et tant d'autres, tous cherchent à nous rendre service, prennent Laurent en charge, nous aident à bâtir des projets, mais ils ne poseront pas de questions sur l'accident.

Car nous sommes fragiles. Un mot, une réaction, très anodins et souvent à cent lieues de ce que nous avons vécu, projettent devant nos yeux ces images que nous voudrions tant ne plus revoir : le corps de Marc s'effondrant comme une poupée de son et le hurlement de Laurent. Passant devant une église d'où sort un enterrement, je peux lire dans le regard de Laurent : « pour mon père, c'était différent. » Cette rencontre suffira pour assombrir la journée ; ce n'est pas le fait en lui-même, car nous ne sommes pas les premiers à perdre un être proche, mais plutôt les souvenirs des conditions dans lesquelles nous l'avons perdu.

Mes nuits sont toujours très courtes. Je ne m'endors que lorsque mes yeux se ferment de fatigue à force de lecture. Je veux à tout prix m'empêcher de penser. Par une chance inouïe, je ne rêve pas, ou plutôt aucun de mes rêves ne laisse de traces dans mon esprit. Une nuit, une seule, j'ai rêvé de Marc, et l'impression a été si terrible, le réveil si effrayant, que mon subconscient doit faire barrage pour qu'aucun souvenir n'affleure le matin. Le lendemain de l'accident, après m'être vaguement assoupie en fin de nuit, je me suis réveillée en sursaut, car j'avais très nettement entendu la voix de Marc qui criait mon nom par deux fois. Je me suis précipitée comme une folle dans le cockpit, car l'appel venait de la mer. Une seconde, j'ai cru l'avoir immergé alors qu'il n'était pas mort. Si cela avait dû se reproduire, ma raison n'y aurait pas résisté. Mais il m'est arrivé la nuit de crier brusquement son nom, réveillée au milieu d'un rêve où *Diapason* devait être en difficulté. Je ne réveillais que Laurent et nous pleurions tous les deux.

Maintenant, le moment le plus dur reste le matin, lorsque j'ouvre les yeux. Il y a toujours un instant de flottement entre la fin du sommeil et le véritable réveil, où chaque aube me remet durement en face de la réalité : je suis seule dorénavant. Si Laurent n'était pas là, je voyagerais, pour oublier. Ne pas avoir le temps de s'accoutumer quelque part. S'en aller plus loin, vite, dès que l'on sent venir les habitudes avec lesquelles on pourrait établir des comparaisons. Mais, si Laurent n'existait pas, serais-je encore en vie ?

Diapason présente l'avantage de nous offrir un refuge tout en nous laissant libres de nos mouvements. Néanmoins, si nous gardons ce mode de vie, l'éducation de Laurent risque d'en pâtir. Marc vivant, tout était différent. Nous avions prévu qu'il enseignerait son métier d'horloger à Laurent, ce qui serait pour lui un atout supplémentaire dans la vie, au cas où ses études seraient perturbées par notre navigation itinérante. Moi, je ne peux pas lui apprendre des choses concrètes. Et je crois qu'il a besoin de retrouver un cadre de vie, à terre, avec des camarades de son âge, qui lui permettrait d'oublier son sentiment de responsabilité à mon égard et à l'égard du bateau : c'est ce qu'il éprouve depuis la mort de son père. Je veux essayer de lui reconstituer une vie, différente de ce qu'elle était auparavant, mais aussi proche que possible. Je veux qu'il retrouve une partie de son insouciance.

Il est devenu craintif et a perdu toute confiance. Une peur panique de me perdre l'obsède, et il me tient la main pour traverser les rues, non pour lui, mais pour moi. Le moindre petit incident — contretemps, bricole cassée à bord ou égarée — prend pour lui des allures de catastrophe et il sombre dans un véritable désespoir disproportionné par rapport au fait. Je ne lui ai pas connu de telles réactions, même aux moments les plus durs de la traversée. Je sais bien que le temps est le seul remède, mais sera-t-il efficace pour lui ?

Lorsque nous sommes arrivés aux Antilles, nous ne savions ni l'un ni l'autre réparer le moteur hors-bord de l'annexe, qui avait souffert de la traversée, accroché au balcon arrière de *Diapason.* Laurent était déçu, car, non seulement il faudrait ramer pour aller à terre, mais il serait privé du plus beau des jouets pour un enfant au mouillage ! Georges s'est chargé de la réparation, et nous a emmenés avec l'annexe pour nous en montrer le fonctionnement. Il a expliqué à Laurent comment relever le moteur à l'approche de la plage et lui a dit en lâchant le levier de commande :

— Nous arrivons, à toi, fais voir si tu as compris. Laurent a frôlé la crise de nerfs, hoquetant à travers ses sanglots qu'il n'y arriverait jamais et qu'il allait casser quelque chose. Georges n'était pas pour la manière forte mais il s'est rendu compte que si l'on cédait, Laurent n'entreprendrait plus jamais rien. Il s'est donc fâché et l'a obligé à accoster seul. Je ne pouvais rien dire, car je savais que dans l'état où se trouvait mon fils, une autorité supérieure à la mienne était nécessaire pour dénouer la crise. Puis Georges a félicité Laurent et l'a consolé. Une heure plus tard, je devais supplier pour pouvoir utiliser le dinghy. D'office, Laurent avait décrété :

— Tu es peut-être le capitaine de *Diapason,* mais je suis celui de l'annexe !

Sa scolarité ne pose, par contre, aucun problème. Lorsqu'ils ont eu connaissance du drame, ses professeurs du CNTE lui ont tous adressé des lettres d'encouragement, et jamais un devoir ne revenait de la correction sans un petit mot d'amitié. Le retard pris pendant la traversée a été vite comblé, même en physique, matière où Marc l'aidait. C'est peut-être la raison pour laquelle Laurent n'a pu réouvrir un livre de physique pendant des semaines.

Les bateaux des enfants d'âge scolaire, ou plutôt scolarisés, se sont regroupés. Pour éviter les tentations, comme les petits copains qui viennent rôder autour du bateau pour inviter à la plongée, nous avons instauré une sorte d'emploi du temps aux Anses d'Arlet où nous passons la plus grande partie de notre temps : le matin est réservé aux cours. Pour rendre les heures plus attrayantes, chacun prend une matière en charge. A bord de *Cumulus* et de *Diapason,* français et anglais ; à bord de *Kari,* mathématiques et physique. Ainsi, ne sommes-nous pas obligés de supporter uniquement nos propres enfants à longueur de matinée ! Le travail en commun est plus amusant que le travail en solitaire. A partir de midi, la liberté est totale. Si nous naviguons, en visite aux îles voisines, il n'y a pas de cours ; mais le reste du temps, ceux-ci ont lieu même le dimanche ! Lorsque nous nous réunissons pour une soirée *ti-punch,* nous laissons aux enfants, pour leur plus grand bonheur, un bateau, en principe *Diapason,* à bord duquel ils s'organisent librement pour le repas. Peut-être parce qu'ils savent que je suis seule (que ce soit pour les réparations ou pour remplir les réservoirs d'eau), je retrouve toujours le bateau propre et rangé. La vaisselle a été faite sans gaspillage d'eau. Et pourtant, le plus âgé du groupe a treize ans et le plus jeune sept ans. Mais ils ont tous le sens de leurs responsabilités et seraient capables de faire face à un problème de mouillage sans le secours des adultes.

Après quatre mois de cette vie, Laurent ressemble à n'importe lequel de ses camarades. Mais il reste ces instants où il s'effondre brusquement sur une couchette et pleure à gros sanglots, sans motif apparent. Un mot, un geste viennent de le ramener sans ménagement à la réalité et lui rappeler qu'il n'est pas comme les autres, puisqu'il n'a plus son père. J'essaie de répondre de mon mieux aux questions qu'il se pose sur la mort, et sur ce que l'on devient après. Étant athée, je tente de lui expliquer que notre corps fait partie de la nature, de l'univers dans lesquels il se refond après la mort, en redevenant particules. Je me sens vraiment impuissante devant ces crises subites de désespoir.

Par contre, il ne se lamente ni ne geint. Jamais il ne se plaint, jamais il n'affirme que nous n'avons pas de chance, que cela n'arrive qu'à nous... Il a de la peine, mais aucune rancœur envers la vie.

Nous avons dû faire face à l'accident imprévisible contre lequel il paraît difficile de se prémunir. Comment prévoir ses réactions dans un tel cas ? Aurions-nous dû embarquer des équipiers ? Me serais-je entendue ensuite seule avec elles ou eux ?

Aurais-je eu assez de volonté pour me faire admettre comme capitaine ? Ou pire, n'aurais-je pas eu double tâche si les équipiers s'étaient révélés incapables de réagir dans une telle situation, comme la barreuse, lors de notre incident avec le *huit* ? Questions qui resteront toujours sans réponses.

Notre aventure a laissé en nous des séquelles indélébiles. Notre réadaptation à la vie à terre, et à la Vie tout simplement, est difficile. Nous sommes moins résistants aux chocs nerveux nés de notre réinsertion au sein de la société. Je supporte mal les tracasseries administratives, qui ne me sont pas épargnées avec un décès en mer. Beaucoup de discussions nous paraissent futiles, vaines et stériles. Notre reprise de contact avec autrui n'en est pas facilitée.

Mais une expérience telle que la nôtre doit également se révéler positive ; sinon, c'est un constat d'échec total de notre vie depuis cette décision de tout quitter pour partir en bateau. Marc pouvait mourir n'importe où : en mer, il a eu la plus belle mort que l'on puisse souhaiter. Et il avait réalisé son rêve. Nous avons su ce que nous valions. La mer nous a aidés : devoir se battre pour vivre apporte des instants, non pas d'oubli, mais de rémission, pendant lesquels la pensée échappe à la détresse de la mort. Nous avons été stupéfiés de la puissance de l'instinct de vivre qui se trouve en nous. La force physique n'a pas été un problème : elle se forge, du moins pour un adulte. Et la beauté de notre environnement a créé autour de nous un climat privilégié, qui a adouci notre peine.

***

Nos personnalités se sont modifiées. Laurent a beaucoup changé. Il est devenu adulte sans transition. L'heure et demie de respiration artificielle pratiquée sur son père lui a arraché son enfance à tout jamais. Mais son comportement a été extraordinaire, compte tenu de son jeune âge. Il pleurait, mais souvent seul, en cachette, pour ne pas m'attrister davantage. Je savais que le premier contact avec la mort est lourd de conséquences futures pour un enfant, presque un adolescent. J'ai donc essayé de faire tout ce qui était en mon pouvoir pour que cette épreuve laisse en lui le moins de traumatismes possible. Il est resté bien équilibré, mais ne trouve pas facilement d'amis à terre, car il juge futiles les enfants de son âge. Les rapports lui sont plus aisés avec les enfants qui naviguent : les sujets d'intérêts sont les mêmes et, nous le comprendrons plus tard, avec les « gens de bateaux » aucun souvenir de notre vie à trois à Saint-Genis ne vient nous blesser. Il n'y a pas de comparaison possible. Lorsque nous nous réunissons, nos conversations portent sur la traversée, notre adaptation à la vie de bateau et aux Antilles, les projets, et cela nous l'avons vécu seuls, sans Marc. Et, mis à part *Antarès,* la majorité des bateaux a de sérieux problèmes d'avenir, nous ne nous sentons donc pas à part. Ce qui n'est pas le cas à terre.

Notre retour en métropole est proche, et pour que la transition soit moins rude, nous décidons de revenir à bord d'un de ces bananiers qui assurent régulièrement la liaison Antilles-Europe. Quelques cabines y sont réservées à une dizaine de passagers. Traverser l'Atlantique sans avoir à assurer le quart et la surveillance, quel rêve !

***

Nous avons trouvé un acquéreur pour *Diapason,* et la date de notre départ est fixée. Ici, personne ne croit vraiment que nous reviendrons. Pour preuve, nous entreposerons, en gage en quelque sorte, tout le contenu du bateau dans une pièce de la villa de nos amis Darrieus qu'ils ont gentiment mise à notre disposition. Nous devons laisser place nette au nouveau propriétaire. Il faut donc apponter *Diapason.* Nous entrons le cœur serré à la

Marina de la Pointe du Bout : notre bateau qui ne connaissait que les mouillages depuis les Canaries, se retrouve immobilisé à quai. J'ai les larmes aux yeux en lançant les amarres. C'était notre dernière navigation — si courte — à son bord.

La douleur dont je me croyais, par quelle inconscience, délivrée à jamais revient doucement.

Comment avais-je pu croire que ma souffrance s'en tiendrait là. Le choc avait été terrible au moment du décès de Marc. Mais cette traversée, seule avec Laurent, avait été si éprouvante physiquement et nerveusement, j'avais dû me battre avec une telle force pour notre survie, que j'avais souvent pleuré davantage sur nos malheurs en mer et notre solitude que sur Marc. A notre arrivée aux Antilles, dans le tourbillon de cette nouvelle vie, notre attention accaparée par l'attrait de ces lieux inconnus, je me croyais à l'abri de toute rechute. Je m'en étonnais parfois : comment, ce n'était que cela le chagrin que j'avais éprouvé ? Ces récits de femmes sanglotant de désespoir après la perte de leur conjoint, ce n'était donc pas pour moi ? Étais-je si dure ? Je n'étais pas une veuve joyeuse, loin de là, mais pas non plus une veuve éplorée, et jamais personne n'aurait supposé, à nous voir vivre à bord, que j'avais perdu mon mari cinq mois plus tôt. Mais je n'avais pas poussé plus avant l'introspection car je sentais qu'il faudrait bien peu de chose pour que ma trompeuse apparence de sérénité ne s'effondre. Je m'efforçais, par exemple, de ne pas voir autour de moi tous ces couples dont la présence me blessait profondément. Par-delà la façade que je présentais à tout le monde, il y avait un domaine si terrible que je ne voulais absolument pas le connaître. Inconsciemment je sentais que la survie de ma raison en dépendait. Je vivais en quelque sorte au ralenti, à l'économie, fuyant toute émotion, surtout pas d'émotions, et je paraissais lisse et froide comme le marbre.

Et il fallut vider *Diapason.* Chaque coffre, chaque équipet me jette Marc à la figure : ses vêtements, ses outils d'horloger qu'il avait rangés lui-même aux Canaries et que personne n'a touchés depuis.

Où vais-je trouver la force de faire face à tous ces souvenirs ? Je n'avais rien déplacé depuis son décès et ne sais quelle décision prendre : dois-je garder, jeter, ou donner ? Les heures passent sans apporter de solution. Si je garde tout, ce n'est pas pour immobiliser le souvenir de Marc. Il n'est pas dans ses vêtements, mais en nous, en chacun de nos gestes et de nos actes. Nous ne faisons rien, Laurent et moi, sans nous référer à ce qu'aurait pensé ou fait Marc à notre place. Mais, si je ne garde rien, que restera-t-il de ce qui fut notre vie ? Je me sentirai encore plus seule. Et je pleure à nouveau des heures entières en vidant les coffres.

Comment aurais-je pu imaginer que le fait de louer une voiture pour transporter tous ces cartons chez nos amis Darrieus me plongerait dans un tel désespoir ? La vie de mouillage qui venait d'être la nôtre aux Antilles, je ne l'avais jamais vécue avec Marc. Mais la voiture, la ville, reprendre ce rythme de tout le monde qui était le nôtre auparavant, et le reprendre seule, quel déchirement !

J'ai quitté *Diapason,* l'abandonnant à son nouveau sort, sans me retourner.

C'est notre dernière nuit aux Antilles avant le départ, mais la première à terre depuis... depuis un an, jour pour jour, puisque nous avions embarqué à bord de *Diapason* le 31 mai 1978. Je suis seule dans mon lit (sur le bateau ce n'était pas la même chose), un lit à une place, bien sûr, symbole de la solitude. Pourquoi immobiliser un lit à deux places pour une seule personne ? Détail stupide, mais qui fait très mal. Ophélie est affolée par ces changements ; elle qui n'avait pas quitté le bord depuis une année ni été à terre depuis huit mois ne comprend pas ce qui lui arrive.

Mais elle n'essaie pas de se sauver et au contraire se rapproche de nous.

***

Nous embarquons le soir même à bord du *Pointe-Madame,* un bananier tout blanc. L'attrait de la nouveauté — Jean-Paul nous explique le chargement des bananes — la gentillesse des passagers, tous créoles, et de l'équipage rendent cette traversée de neuf jours très agréable et referment momentanément ma blessure. Le commandant, amusé par les connaissances de Laurent en navigation astronomique, et étonné par notre aventure, lui confie un soir, pour un quart d'heure, la barre du bananier après avoir débranché le système de pilotage automatique. La fierté de Laurent est immense !

Mais plus Dieppe approche, et plus je redeviens anxieuse. Notre famille nous attend là-bas, et j'appréhende nos réactions. Que va-t-il se passer ? Surtout que vais-je ressentir ? Sous quelle forme vont se manifester la douleur et le chagrin ? Car j'ai enfin compris qu'ils vont être mes compagnons pendant des mois et des années et que le moment est venu où je dois apprendre à vivre seule et à accepter de le faire.

Par suite d'une avarie de moteur, nous sommes en retard et arrivons après la marée du matin. Nous devons attendre la suivante pour entrer au port. Cette journée d'immobilité devant la plage de Dieppe accroît ma peur. Les passagers ont l'air si heureux de débarquer ; moi seule fais grise mine. Je préférerais me terrer au fond de ma cabine et repartir en Martinique. Laurent ne manifeste aucune inquiétude. Il est vrai qu'il est très occupé et intéressé par le bananier qui, des machines au poste de pilotage en passant par le stockage des bananes, n'a plus de secrets pour lui.

A la nuit tombante, nous nous présentons pour franchir les trois écluses de Dieppe. Il fait froid et nous avons troqué nos vêtements légers pour des pulls. A la deuxième écluse, les moteurs tombent en panne complète et c'est le black-out total à bord. Devant la difficulté de manœuvre, accrue par le manque d'électricité, tous les passagers sont priés de se regrouper sur un bord et Laurent doit quitter le poste de pilotage où il avait été admis par faveur spéciale. Il me rejoint dans la coursive et le *Pointe-Madame* effectue un accostage particulièrement spectaculaire dans le bassin qui lui est réservé. Les badauds sont nombreux à terre, et soudain, j'ai la sensation d'un coup de poing à l'estomac : Renée, la sœur de Marc et Pierre sont là, sur le quai, hésitant à sourire. Laurent les a vus aussi et agrippe ma main. Marc vient de mourir encore une fois.

A partir de ce soir seulement, Laurent est orphelin et je suis veuve. Quels mots horribles, que j'avais réussi à ne pas faire entrer dans notre vocabulaire, peut-être pour nier l'évidence. En mer, nous avions perdu Marc. Ici, face à la société retrouvée, nous avons perdu un père et un mari. C'est officiel. Et Danièle a perdu son père, Renée un frère, d'autres un ami. Tant que nous vivions seuls, j'avais essayé d'enfermer ma douleur au plus profond de moi. Mais ici, face à celle de notre famille, elle éclate avec violence, et je suis à nouveau en état de choc comme au moment de l'accident. Ce n'est pas moi qui descends la passerelle, je suis dans un état second.

Nous sommes aussi émus les uns que les autres, et les mots ne viennent pas facilement. Ce n'est pas ainsi que nous avions imaginé notre retour ! Pierre et Renée nous conduisent à Rouen chez leurs amis, qui vont nous héberger ce soir avant que nous ne reprenions la route de Lyon. Je tremble de froid, de fatigue et de peine et n'arrive pas à trouver le sommeil dans ce nouveau lit. Laurent s'est endormi assez rapidement, mais lui non plus ne s'adapte pas. Il semblait ce soir complètement étranger à ce qui se passait autour de lui. Pour le moment, personne n'a posé de questions et nous n'avons parlé que de notre vie aux Antilles, sur *Diapason.*

Le lendemain, je me promène seule avec Renée dans Rouen, et elle ne peut retenir les mots qui doivent lui brûler les lèvres depuis qu'elle connait le décès de Marc :

— Comment est-il mort ? Ai-je bien dit toute la vérité ?

Elle a le droit de savoir, et je raconte. Mais vont-ils être nombreux, à « vouloir savoir ? » J'insiste :

— Non, Marc n'a pas souffert.

Mais tout en racontant, je réalise combien les mots sont pauvres et peu rassurants et surtout qu'il n'y aura jamais de cet accident que notre version des faits. Tout s'est passé sans témoins et la mort de Marc m'appartient. Il ne me reste que cela mais je n'ai à le partager avec personne. Georges avait raison, le soir de nos retrouvailles à Fort-de-France. J'ai enfin compris ce qu'il voulait me dire et y puise une sorte de réconfort.

Renée n'insiste pas, acceptant les détails que je veux bien donner spontanément.

Nous quittons Rouen accompagnés par un soleil resplendissant, et nous roulons toutes vitres ouvertes. La France entière fait les foins en ce 14 juin. A peine sommes-nous partis que Laurent, assis à l'arrière, se plaint de fortes démangeaisons aux yeux. En quelques minutes, il est en proie à une violente crise d'allergie accompagnée de fièvre. Lui qui n'a jamais été malade depuis l'accident, malgré tout ce qu'il a subi ! Est-ce sa réaction personnelle à notre retour ? Il essayait aussi, aux Antilles, d'oublier les heures tragiques vécues en mer, mais ici, il ne peut plus repousser ces souvenirs. Il est vraiment très fatigué lorsque nous arrivons à Lyon en fin de journée. Et tout recommence : explications, larmes. Comment vais-je supporter de vivre ainsi ? Déjà, pendant ce voyage, j'étais mal à l'aise. Que faisions-nous dans cette voiture, assis à l'arrière, Laurent et moi ? C'était ridicule. Jamais nous n'étions partis en voyage avec Renée et Pierre sans Marc. Ce n'était qu'un cauchemar et j'allais enfin me réveiller. Chaque ville traversée apportait son lot de souvenirs, car en quel lieu de France n'avions-nous pas été ? Et ce soir, le retour dans notre ville annulait cette année en mer et les Antilles. Nous nous retrouvions à la case départ, en juin 1978 à Lyon. Mais qu'y faisions-nous sans Marc ?

Laurent, sans rien dire, partageait mes sentiments : sa subite maladie le prouvait. Jamais, depuis ce soir de décembre 1978, je ne m'étais trouvée dans une telle détresse. Laurent et moi sur *Diapason*, l'océan, c'était quelque chose de solide. Maintenant, que nous restait-il ? Plus de bateau, pas de maison, et Marc disparu à jamais. Tout s'est écroulé autour de nous, et je me sens seule, seule, comme je ne l'ai jamais été.

Danièle et Bernard nous offrent l'hospitalité, et dans mon lit, je sanglote de désespoir. Après la mort de Marc, j'avais un but : franchir l'Atlantique pour amener mon fils en vie de l'autre côté. Mais ce soir ? Il y a un an, une toute petite année, nous étions une famille complète, avec une maison, un voilier et un immense espoir devant nous : un voyage extraordinaire. Nous dominions le monde. Avons-nous visé trop haut ? Que la chute est rude ! Je suis seule, avec Laurent, trois valises et un chat. Quelle dérision ! Mais où vais-je trouver la force d'aller de l'avant ? De vivre seulement ?

Oui, il y a Laurent. Cela devrait suffire à me donner du courage. Mais cette pensée ne m'est d'aucun secours. Il dort dans une autre chambre, et brusquement je m'affole. J'ai besoin de l'entendre respirer pour être rassurée. Depuis un an, nous n'avons jamais été séparés : un bateau n'a pas de véritables portes, et depuis notre départ de *Diapason,* nous avons partagé la même cabine à bord du bananier ou la même chambre chez nos amis. Je me lève pour aller le voir : il dort calmement. Les émotions de la journée ajoutées à la fatigue du voyage et de l'allergie ont eu raison de lui et lui ont permis de s'endormir rapidement. C'est le privilège de sa jeunesse.

Je ne peux trouver le sommeil. Chaque objet me rappelle Marc : nous venions si souvent ici. Le jour se lève enfin, mais sur quel horizon ?

Je dois sans retard régler les problèmes administratifs dûs au décès de Marc, qui n'est toujours pas officiel. Une partie du dossier, si bien constitué en Martinique, a été égarée par le Parquet de Lyon. Le Palais de Justice est situé dans le quartier même où nous avions notre affaire. En toute inconscience, je crois que cette traversée matinale de Lyon que j'aime tant va calmer ma douleur. Quelle erreur ! Je m'aperçois que je suis loin d'avoir épuisé toutes les formes que peut prendre le désespoir. Je ne sais pas comment je trouve la force de mettre un pied devant l'autre. Je marche, tête baissée, refusant de voir ce qui m'entoure. Je ne veux surtout reconnaître personne. J'étais si heureuse l'année dernière dans ces rues ! Je les arpentais si fièrement ! La vie m'appartenait : nous réalisions notre rêve, nous partions en bateau. Pauvre fille ! C'est cela la mort : ce vide, cette inutilité et cette solitude. Tout en marchant, je me souviens de l'été de mes treize ans. Nous revenions de vacances avec mon frère, étonnés de ne pas trouver nos parents à la descente du train. Et soudain, au bout du quai, cet homme en noir, c'était notre père ? Et notre mère ? Pourquoi était-il tout en noir ? Je n'avais rien compris, et il avait dû nous expliquer. Alors je me souviens de ce vide, cet effondrement de tout mon être, comme si je n'étais plus qu'un petit tas de chiffon abandonné là, sur le trottoir. Le revoilà, ce sentiment, je le reconnais. C'est une loque humaine qui franchit la porte du Palais de Justice, et paradoxalement, cette apparence me fait grand tort.

La situation juridique créée par ce décès est déjà compliquée, et je ne savais pas qu'il faut éviter de se présenter en état d'infériorité devant l'administration. Mais je suis au bout de mes forces et ne trouve rien à répondre à la furie qui me hurle derrière son guichet :

— Ah, on peut dire que vous ne nous facilitez pas la tâche. Quelle idée d'aller mourir en mer ! Débrouillez-vous donc seule !

De cela, j'ai l'habitude, mais ce n'est quand même pas moi qui ai perdu le dossier. Par chance, un de nos amis, juge dans ce palais, ce que j'ignorais, traverse le bureau, et entendant les cris, vient s'informer. Il est stupéfait de me voir là, seule et en larmes, alors qu'il nous croyait heureux tous les trois, sur une île au soleil. Il prend cette affaire en main et me promet un certificat de décès dans quarante-huit heures. Je n'ai pas réussi seule, mais ce résultat positif me fait relever la tête en quittant ce sinistre bâtiment. Avoir attendu six mois et être passée par tant de services pour obtenir un certificat que le Code Maritime donne pour officiel dès qu'il est rédigé par le capitaine du bateau — marine marchande ou de plaisance ! Mais voilà, il s'agissait d'un capitaine-femme. Je regagne d'une traite l'appartement de Danièle où je me terre, ne supportant pas plus longtemps la vue des rues de Lyon.

Et pourtant, je vais devoir m'y habituer car il y a beaucoup d'autres démarches à effectuer, et tant de personnes aimeraient nous revoir.

Pendant ce temps, Laurent renoue contact avec la télévision. J'ai, par erreur, accédé à son désir de retourner à Saint-Genis pour voir ses amis. Rendez-vous est pris, son oncle le conduira. Je ne suis pas certaine que cette visite soit bien opportune, Olivier habitant à côté de notre maison, mais tout notre entourage affirme qu'il n'en sera pas traumatisé. Hélas ! Laurent revient le soir à court de souffle, atteint d'une violente crise d'asthme qui s'est ajoutée à son allergie aux yeux. Je suis persuadée que le fait d'avoir revu Saint-Genis et notre maison en est la cause. Il m'avoue entre deux sanglots qu'il ne veut plus jamais retourner là-bas. Il a vécu, mais seul et sans mon aide, ce que j'ai ressenti le premier jour en traversant notre quartier à Lyon.

Notre médecin confirme mes suppositions : cet asthme est psychosomatique. Le mieux serait d'éloigner Laurent de Lyon et même de moi pour quelques semaines. Il doit fréquenter des enfants de son âge, et surtout des personnes étrangères à notre drame. D'ailleurs, il me l'a demandé lui-même :

— Je voudrais partir en camp de vacances ; je ne veux plus rester ici.

Je dois le rassurer sur mon sort, car il a très peur de me laisser seule.

La séparation est très dure pour moi et lorsque le car s'éloigne, je me retrouve seule, encore une fois, errant dans Lyon, sans but. Nous ne nous étions pas quittés depuis notre départ de Canaries : il ne me reste vraiment plus rien. Afin de m'aider, notre médecin insiste pour que je vienne habiter sa villa pendant ses propres vacances. Là, je n'ai pas de souvenirs, et je disposerai également d'une voiture, en attendant le retour de Laurent.

***

Nous avions promis de revenir aux Antilles, mais amis et famille ne partagent pas notre idée. Sans vouloir m'influencer, ils trouveraient malgré tout préférable que nous reprenions notre vie à Lyon, où ils seraient là pour nous aider. J'avais donc remis notre décision en question.

Mais c'est impossible. Nous devons retourner en Martinique. Ce n'est peut-être qu'une fuite en avant, un refus d'accepter notre situation, un manque de courage devant la vie. Mais, de tout notre être, nous nous refusons à demeurer à Lyon. Ce n'est même plus mon esprit qui juge, c'est vraiment mon corps. Rester ici évoque pour moi un internement : je me sentirai enfermée entre quatre murs, sans possibilité d'échapper à la tristesse de tous ces souvenirs.

Ils affluent à chaque coin de rue avec chaque personne rencontrée, rendant notre vie insupportable. Aux Antilles, nous n'avons pas de souvenirs de ce genre, c'est une autre vie. Là-bas, les problèmes, les nôtres et ceux du monde autour de nous, sont atténués. Ils n'ont pas le même impact ; ils sont dilués par la chaleur et le climat tropical. Même la tristesse est différente. Nous repartons.

Je cours acheter deux billets d'avion qui ne quittent pas mon sac, au risque de les perdre, jusqu'à l'embarquement. Ils sont mon réconfort. Nous avons enfin trouvé un but. Je travaillerai, chercherai un appartement et Laurent s'inscrira au CES de Fort-de-France. Il retrouvera les amis qu'il a laissés sur les pontons et les bateaux, qui nous comprennent. Ici, tout nous choque. Nous ne trouvons plus de points communs avec notre entourage. Peut-être avons-nous vu la mort de trop près ? Quant au mode de vie qui était le nôtre depuis une année, ici personne ne le comprend. Ils ne peuvent même pas l'imaginer.

Avec ces billets en poche, je vois le bout du tunnel dans lequel je m'étais engagée lorsque le bananier franchissait la première écluse de Dieppe. Et au bout de ce tunnel brille le soleil des Antilles.

Notre peine sera plus légère sous les alizés. Encore une fois, notre décision va surprendre, je le crains. Mais c'est notre survie à tous deux qui est en jeu. Nous ne sommes pas prêts à nous réadapter à la société métropolitaine, à cause de notre rupture avec elle et de la mort de Marc. Puisque la vente de *Diapason* nous en laisse la possibilité financière, nous repartons.

Fin août, Laurent est revenu, grandi et guéri par son séjour en montagne. Nous préparons notre départ, encore un, retournant vers le seul endroit où le souvenir de Marc n'est pas synonyme de souffrance. Nous l'évoquons à chaque instant, il partage notre vie, mais je refuse de l'associer à cette tristesse qui, ici, ne nous quitte pas et ternit son image : Marc était gai, heureux et toujours souriant. A Lyon, ce n'est pas lui que nous retrouvons. On nous dit que seul le temps pourra atténuer notre chagrin. Il me semble que l'éloignement se substituera au temps pour nous apporter son aide. Là-bas, nous ne serons pas heureux, mais apaisés. C'est ce que nous espérons

***

Le Boeing décolle. Lyon s'évanouit et très rapidement nous survolons l'Atlantique. Quelle joie de le revoir ! Sur le rivage opposé, en Martinique, nos amis nous attendent.

ÉPILOGUE

1983

Au moment de laisser partir ce manuscrit, Laurent me fait part de ses remarques. Il n'a pas voulu le lire et ne peut ou ne veut me donner les raisons de ce refus. Il a seulement feuilleté quelques pages concernant notre traversée après l'accident de son père.

Peu enthousiasmé par les termes techniques que j'emploie et qui, paraît-il, sont souvent erronés, il a été frappé par ma sécheresse de ton.

— Maman, tu as déjà oublié comme nous avons pleuré ? Combien nous étions démoralisés à chaque petit incident de parcours ? A te lire, le *Navik* lâche, et hop, tout de suite l'idée géniale : les sandows. Mais non. Nous avons cherché des heures une solution, pleurant de désespoir de voir ainsi les malheurs s'acharner sur nous et s'accumuler sur notre tête. Et tes cris, tes invectives, les états dans lesquels tu te mettais pour sangloter encore plus violemment après en t'excusant de t'être laissée aller ? Tes menaces de tout abandonner là lorsque, voulant réparer les mousquetons de voile, le sac qui contenait les outils et nos derniers mousquetons de rechange est passé par-dessus bord ? Tu ne te souviens pas comme tu hurlais ton désespoir et ton envie d'en finir avec la vie ? Et lorsque tout allait mieux ou que nous réussissions à résoudre un problème, tu n'y trouvais pas si vite un réconfort et un nouvel espoir dans la vie.

Quinze lignes pour résumer une seule de nos journées, c'est bien court : elles étaient souvent interminables ces heures où nous n'osions rien entreprendre (lecture, jeux) car tout nous rappelait Papa. Et la nuit ? Moi, je dormais, mais toi ? Ne me dis pas que tu ne pleurais pas ? Et à quoi pensais-tu ?

Oui, c'est vrai, j'ai abrégé. Je n'ai pas oublié ce chagrin, ce désespoir qui nous jetait à terre à la moindre petite anicroche dans la marche du bateau, ni ma terrible habitude de grossir démesurément le moindre accroc. Mais, l'important pour moi était de vivre pour sauver Laurent. Et la lutte était si dure, si farouche, si présente à chaque seconde du jour et de la nuit qu'elle a pris le pas sur tout le reste dans mes souvenirs.

Prendre toutes les décisions en sachant que certaines d'entre elles engageaient notre survie me tuait littéralement. Je n'en pouvais plus d'être écrasée sous tant de responsabilités. Et je ne pouvais m'empêcher de penser que, désormais, toute ma vie se déroulerait ainsi, moi seule responsable, sans aucune aide. Quel cauchemar ! Je n'étais pas plus dure qu'une autre, mais les grands sentiments affichés à la face du monde, les embrassades, la veuve enlaçant le corps de son mari avant de le voir disparaître à jamais, ce n'est pas pour moi. Peut-être me serais-je conduite différemment en d'autres circonstances ? J'étais pétrifiée, glacée d'effroi et d'angoisse devant ce corps. Ma façon d'extérioriser ma douleur ? Marc ne sera jamais pour moi un « cadavre ». C'est son corps que j'ai immergé. Pas l'autre mot. Ce n'est pas une périphrase d'écrire « le corps de Marc », c'est un refus du plus profond de moi d'utiliser un terme atroce, et qui plus est, pour désigner mon mari. Il est peut-être plus facile de sangloter, de donner libre cours à son chagrin et à sa douleur quand rien d'autre, dans l'immédiat, ne vous préoccupe. La société s'occupera du corps, la famille des détails matériels, les amis vous soutiendront moralement. Mais nous ? Comment ne pas être paralysée à l'idée que je devais manipuler moi-même le corps, après avoir déjà vainement essayé de le faire revivre, puis le faire disparaître ? Personne, jamais, dans nos sociétés occidentales et civilisées ne nous avertit de la conduite à suivre dans ce cas-là. Je me demande encore à présent comment je n'ai pas sombré plus tard dans la folie à la simple évocation de ces gestes. Je n'ai pu éviter la dépression nerveuse, mais je m'en suis tenue là.

Pendant deux années encore, nous avons erré entre Martinique et divers lieux de métropole, cherchant en vain où nous pourrions poser nos valises. Puis, ma raison reprenant le dessus, j'ai compris qu'il était temps de nous fixer quelque part ; l'équilibre et la scolarité de Laurent l'exigeaient. Quant à moi, je savais que je ne serais pas plus heureuse ici que là. Quelque chose s'est brisé en moi avec la mort de Marc. Je vis, mais où sont le bonheur et cet appétit de vivre qui me jetaient chaque matin hors du lit ? Engloutis avec lui au fond de l'océan.

Le plus important est Laurent. Il a gardé intacte — grâce à sa jeunesse — cette envie de vivre que je n'ai pas le droit de gâcher par une éternelle errance.

Mais qui sait ? Quelque part entre Australie et Nouvelle-Zélande, *Antarès* trace toujours son sillage. Repartirons-nous un jour pour le rejoindre ? La mer a exercé sur nous une fascination telle que nous ne pouvons lui tenir rigueur d'avoir pris et gardé Marc.

Collection « Actualité »

Directeurs de collection : Michèle Petipas - Lemaître et Daniel Gilles

Eric Tabarly	Le tour du monde de Pen Duick VI
	Du tour du monde à la Transat
Loïck Fougeron (Neptune d'Or 1978)	Si près du Cap Horn
	Rayon Vert au Cap Horn (20e mille) (Prix Etoile de la Mer 1979)
Alain Maucorps	Le Bel Espoir (Prix Drakkar 1976)
Daniel Gilles	La Transat, un océan d'exploits
Ely Boissin	Secrets d'épaves
Nicole Nealey - Van de Kerchove	Sept fois le tour du soleil
Commandant Christian Pettré	Splendeur et rouille
Eric Loizeau (Skipper de l'année 1978)	Froid devant
Nicolas Angel	Chavirage en trimaran
Farley Mowat	Ouragan aux Bermudes
Joseph Camenen	Regards sur une vie de marin-pêcheur
Ian Dear	Ces merveilleux Classe J
Jean-Claude Parisis	Histoire de vivre : des océans pour un croquant
Monique et Georges Tardivel	Bohémiens de la mer
Alexandre Collet	Les feux du couchant
Jean-Marc Asensio	Les anti-aventures de Coquimbo
Bertrand Dubois	Les Montagnes de l'Océan
John Leather et Roger M. Smith	Vieux gréements auriques
Eric Tabarly - Michèle Lemaître	Histoire d'un record
Annie Guérin	La corvette «La Sabine»
Henri Husson	Le Grand Méridien
Jean Tesson	55 hommes à bord
Florence Arthaud	Fiancée de l'Atlantique
Patrick Mouton	La mort est venu de la mer
Anne Réale	Les aventurières du grand large
Henri Dumoulin	La mer école de vie
Nadine Lefébure	Marins Célèbres
Colette Piat	Construire la Mer
Vito Dumas	Vito Dumas
Alain Coudert - François Gilly	Un océan de passion
Nelly Fusil	Pose ton sac à bord
Yves Pestel	L'auberge des trois caps
Marc Pajot - Olivier Peretie	Un catamaran pour vaincre
Pierre Baudy	Sur les traces de personne

Collection «technique»

Directeurs de collection : Gérard Petipas et Eric Tabarly

JOURNAL DE BORD
par Eric Tabarly et Gérard Petipas

GUIDE PRATIQUE DE MANOEUVRE
par Eric Tabarly

BLOCS METEO - B.B.C - MEDITERRANEE - RADIO-FRANCE
par Roger Clausse

AVOIR UN BATEAU - (nouvelle édition)
par Paul Jacob

PLONGEZ LIBRE '
par Ely Boissin

SECRETS DE CAMBUSE
par Régine Le Hénaff

RESPONSABILITE ET NAVIGATION DE PLAISANCE
par Jacques Armengaud

LE MALAMOCK
par Gaston Jacquin

NAVIGATION CÔTIÈRE : PERMIS B ET C - (nouvelle édition)
par Christian Hinterseber

LE MONDE DES MULTICOQUES
par Gérard Pesty

AIDE MEMOIRE DU PLAISANCIER
par Paul Jacob et Gérard Petipas

GUIDE PRATIQUE DE NAVIGATION ASTRONOMIQUE
par Roger Florent

Collection « Pilotes Côtiers Fenwick »

Alain Rondeau

1 Marseilles à Gênes
2 Marseille à Port-Vendres Costa Brava
3 Corse Nord Sardaigne
4 Nantes à Hendaye
5 Nantes à Brest
6 Saint-Malo à Brest
7 Saint-Malo à Dunkerque les îles anglo-normandes
8 Dieppe-Rotterdam (à paraître)
9 Côtes Sud Anglaise
10 Côtes Sud Irlande les îles Scilly (à paraître)
12 Les îles Baléares

Collection « Guide de Navigation »

Françoise Virlogeux	GUIDE PRATIQUE DES PETITES ANTILLES Tome 1
Jacques Anglès	GUIDE PRATIQUE DE LA GRECE Tome 1
Jacques Anglès	GUIDE PRATIQUE DE LA GRECE ET DE LA TURQUIE Tome 2
Jacques Anglès	GUIDE PRATIQUE DE SARDAIGNE ET TUNISIE
Alain Rondeau	GUIDE PRATIQUE DE L'IRLANDE
Jacques Anglès	GUIDE PRATIQUE DES BALEARES
Jean Sigalen	GUIDE PRATIQUE ESPAGNE-PORTUGAL Tome 1
Jean Segalen	GUIDE PRATIQUE PORTUGAL-ESPAGNE Tome 2
Jacques Anglès	GUIDE PRATIQUE ESPAGNE-CÔTE EST

A paraître

Françoise Virlogeux	GUIDE PRATIQUE ANTILLES Tome 2
Jacques Anglès	GUIDE PRATIQUE CORSE-NORD SARDAIGNE

LES DOSSIERS DES EDITIONS DU PEN-DUICK

Eric Tabarly - Gérard Petipas

N° 1	LE GROS TEMPS	Laurent Cordelle
N° 2	SOIGNER AVANT LE MEDECIN	J.Y. Chauve et P. Bouet
N° 3	LE SPINNAKER	Patrice Carpentier
N° 4	LA METEOROLOGIE	Claude Fons
N° 5	NOUVELLE REGLEMENTATION Commentaires de Paul Jacob	Arrêté du 27 Mars 1980
N° 6	CHANTONS A BORD	Jacques Lemaître
N° 7	VOCABULAIRE MARIN	Bernard Rosselot
N° 8	RADIOTELEPHONE VHF	Thierry Vigoureux
N° 9	NOEUDS ET MATELOTAGE	Jean Tible
N° 10	CONDUITE DU BATEAU A MOTEUR	Alain Rondeau
N° 11	LA PÊCHE A PIED	Georges Fleury
N° 12	PLANCHE A VOILE	Fred Beauchêne
N° 13	NAVIGATION ASTRONOMIQUE A LA PORTEE DE TOUS	Maurice Oliveau
N° 14	ETOILES ET CONSTELLATIONS	Michel Dumont
N° 15	LES CALCULATRICES	Roger Florent
N° 16	LE SEXTANT	Gérard Petipas
N° 17	LA PHOTO EN MER	Roland De Greef
N° 18	INITIATION A LA NAVIGATION	J.M. Barrault
N° 19	EMBARQUEZ VOS ENFANTS	Nicole Van de Kerchove
N° 20	OISEAUX DE MER	Jean Mauviel
N° 21	L'ELECTRICITE A BORD	Jean-Philippe Totot
N° 22	LES DEMI COQUES	Jean Tible
N° 23	LE SURF	Thierry Organoff
N° 24	VOILERIE A BORD	Sylvie Gabbay

Si vous souhaitez être tenu au courant
de nos dernières parutions,
n'hésitez pas à nous écrire.

Éditions du PEN-DUICK
5, Boulevard de Lesseps
78000 VERSAILLES
Tél. : 950.12.33

Achevé d'imprimer
le 19 décembre 1984
sur les presses de
l'Imprimerie Hérissey
à Évreux (Eure)

Imprimé en France

Dépôt légal : décembre 1984
N° d'édition : 9973 — N° d'impression : 36190